L'étreinte d'un époux oublié

ANNIE WEST

L'étreinte d'un époux oublié

Traduction française de
LÉONIE GADES

AZUR

HARLEQUIN

Collection : Azur

Titre original :
ONE NIGHT WITH HER FORGOTTEN HUSBAND

HARPERCOLLINS FRANCE
83-85, boulevard Vincent-Auriol, 75646 PARIS CEDEX 13
Service Lectrices — Tél. : 01 45 82 47 47 - www.harlequin.fr
ISBN 978-2-2804-8146-5 — ISSN 0993-4448

Composé et édité par HarperCollins France.
Imprimé en décembre 2022 par CPI Black Print (Barcelone)
en utilisant 100% d'électricité renouvelable.
Dépôt légal : janvier 2023.

FSC
www.fsc.org
MIXTE
Papier issu de sources responsables
FSC® C159065

Pour limiter l'empreinte environnementale de ses livres, HarperCollins France s'engage à n'utiliser que du papier fabriqué à partir de bois provenant de forêts gérées durablement et de manière responsable.

1.

Alerté par un cri venant de dehors, Angelo sortit sur la terrasse et vit Enzo, le jardinier, penché par-dessus la balustrade en contrebas, regarder vers la mer. Quand l'homme se retourna et qu'il aperçut Angelo, il agita frénétiquement les bras :

— Un corps ! Il y a un corps sur la plage !

Tout en se répétant qu'il s'agissait sans doute d'un touriste égaré qui s'était endormi au soleil, Angelo le rejoignit aussitôt au pas de course. Cependant, à en juger par le ciel qui s'obscurcissait, l'étranger – car seul un étranger pouvait ignorer que la crique était privée – n'avait pas choisi le meilleur moment. La météo avait annoncé une grosse tempête.

Quand il s'arrêta à côté de son jardinier, il vit immédiatement, à une extrémité de la plage de sable rose pâle, une femme allongée sur le ventre, à moitié dans l'eau. Elle était d'une immobilité inquiétante. Les vaguelettes qui léchaient ses jambes nues et son dos soulevaient son T-shirt blanc sur ses hanches. Sa tête et l'un de ses bras reposaient mollement contre un rocher.

— Appelez le médecin !

Aussitôt l'ordre lancé au jardinier, Angelo sauta par-dessus la balustrade et atterrit en haut de l'escalier menant à la plage. Ses genoux fléchis absorbèrent le choc. Il se redressa et descendit quatre à quatre les marches taillées dans la roche. Comme c'était généralement le cas en situation de crise, la montée d'adrénaline rendait Angelo particulièrement lucide. La dernière fois que cela s'était produit, c'était lors d'une ascension dans les Dolomites, quand, avec son compagnon de cordée, ils avaient secouru deux alpinistes inexpérimentés. Son ami et lui avaient dû faire preuve d'ingéniosité et de sang-froid pour les ramener sains et saufs.

Ses pieds s'enfonçant dans le sable le rappelèrent à la situation présente et il s'élança vers les rochers.

Elle n'est peut-être pas morte…, se dit-il quand il se laissa tomber à genoux près de la naufragée. Le haut du T-shirt, qui n'était pourtant pas dans l'eau, était mouillé, de même que ses cheveux. Comme si elle s'était hissée sur la plage avant de perdre connaissance. Avec précaution, il prit son poignet pour tâter son pouls. D'abord faible, il le sentit battre régulièrement en accentuant la pression. Un vif soulagement l'envahit.

Rassuré, il inspecta les environs. Pas de traces de sang sur le sable ni sur les rochers. Ensuite, il examina plus attentivement l'inconnue. À sa peau douce et sans défauts, il estima qu'elle était jeune. Il nota quelques taches de rousseur sur ses bras et, bien qu'elle soit légèrement hâlée, son teint clair trahissait la touriste. Dans le sud de l'Italie, les gens du cru avaient généralement une carnation plus mate.

Ne sachant pas si elle était blessée au dos ou à la tête, il hésita à la remonter complètement sur le sable. Mieux valait attendre le médecin.

Angelo contempla la mer qui virait au cobalt à l'approche de la tempête. Comment était-elle arrivée ici ? Le continent était proche, mais seul un sportif entraîné se serait risqué à rejoindre l'île à la nage. Il n'y avait pas un bateau en vue, mais en y repensant, il se souvint d'avoir entendu un hors-bord un peu plus tôt. Il s'était dit que l'embarcation s'approchait trop des rochers. Mais si elle était arrivée en bateau, où se trouvait celui-ci maintenant ? N'y tenant plus, il se pencha vers la femme et écarta la masse de cheveux mouillés qui cachait son visage.

Ce qu'il découvrit le laissa abasourdi. La foudre tombant à ses pieds ne lui aurait pas causé un plus grand choc. Horrifié, il parcourut du regard les pommettes, la ligne du nez, les narines délicates, jusqu'aux lèvres pleines à la pâleur inquiétante de la jeune touriste. Le bouleversement faisait trembler sa main à présent.

Elle, ici ? C'était impossible ! Mais le doute n'était pas permis. Il aurait reconnu ce profil entre mille.

Le souvenir des petits matins où elle se lovait langoureusement contre lui vibrant de désir s'imposa à son esprit. Il le chassa rapidement. À d'infimes détails près, c'était la même femme. Quelques taches de rousseur ressortaient sur la pâleur anormale de son visage. C'était nouveau. La ligne arquée de ses sourcils – toujours aussi parfaite – semblait plus naturelle que la dernière fois qu'il l'avait vue.

Bien sûr qu'elle a changé. Ça fait cinq ans.

Curieusement, elle n'avait pas l'air plus âgée. Au contraire, elle paraissait même avoir rajeuni. Mais cela n'avait rien de surprenant. Elle dépensait des fortunes en produits de beauté pour préserver son apparence. Elle prétendait que c'était nécessaire pour son travail mais, au fond, elle était surtout vaniteuse au point de considérer le vieillissement comme un affront personnel.

Néanmoins, ces défauts ne le concernaient plus. Tout ceci n'expliquait pas comment elle se retrouvait ici.

Lentement, il relâcha la chevelure, laissant le visage de la jeune femme dégagé, et il retira sa main qui le picotait désagréablement. C'est alors qu'il vit qu'elle était souillée de sang. Surmontant la répulsion que cette femme lui inspirait, il se pencha de nouveau et il remarqua une tache plus sombre dans ses cheveux humides. Quand il effleura son crâne pour se rendre compte de la gravité de la blessure, il aperçut ses paupières frémir. Puis une ride se creusa sur son front bombé et ses sourcils se froncèrent imperceptiblement. À sa grande consternation, il ne put s'empêcher de songer que cette expression sévère était presque adorable sur ce visage candide.

Candide ? À cette pensée, sa bouche se tordit d'un rictus d'amertume. Cette femme était tout sauf cela ! Opportuniste, égocentrique, manipulatrice... Oui ! Et une fieffée menteuse pour couronner le tout.

À présent, son inquiétude avait cédé la place à la méfiance, et il commençait à se poser des questions sur l'*accident* providentiel qui l'avait fait échouer sur sa plage privée. La crédulité d'Angelo Ricci avait des limites. Certes, il s'était laissé berner une fois, mais cela ne se reproduirait pas.

Le froncement de sourcils s'accentua et de petites fossettes apparurent de chaque côté de ses lèvres féminines. C'était une expression de douleur. Ou jouait-elle la comédie ? Mais pourquoi se donnerait-elle toute cette peine ? Elle ne pouvait pas sérieusement penser qu'il allait oublier ce qui s'était passé entre eux.

Elle gémit et battit de nouveau des cils. Ce son très doux éveilla les scrupules d'Angelo et ses soupçons se dissipèrent momentanément. Elle était peut-être réellement blessée.

Ensuite, elle déglutit péniblement, puis passa sa langue sur ses lèvres asséchées. À peine venait-il de se redresser qu'elle ouvrit les yeux. Il ne pouvait toujours voir qu'un côté de son visage, mais il n'y avait aucun doute. Une seule femme au monde possédait ces yeux-là. Des yeux couleur lavande, ou – comme elle le lui disait – couleur de fleurs de jacaranda. Une nuance spectaculaire entre le bleu et le violet.

D'abord, elle ne parut pas le voir. Mais quand son regard se fixa sur lui, son expression n'indiquait en rien qu'elle le reconnaissait. Aucun signe d'étonnement ni de satisfaction.

— Bonjour, Alexa.

Sa propre voix légèrement éraillée sonna bizarrement à ses oreilles. Pour toute réponse, elle referma les yeux.

Une peur viscérale l'étreignit tandis que des sentiments contradictoires se bousculaient en lui. Il ne voulait pas qu'elle soit là. Mais la pensée qu'elle meure chez lui, devant lui, le perturbait.

— Alexa !

Son exclamation la fit tressaillir. Avait-elle espéré un accueil plus chaleureux ? Ou souffrait-elle vraiment ?

— Alexa, parle-moi.

Malgré ses soupçons, il ne pouvait s'empêcher d'être inquiet. Devait-il la planter ici, et risquer que son état empire ? Ou la porter jusqu'à la maison ? Il en était là de ses tergiversations quand elle s'exprima enfin.

— Pas Alexa. Ally, murmura-t-elle.

Ally ? C'était de toute évidence un diminutif. Il se rappelait pourtant que la femme qu'il avait connue détestait qu'on l'appelle autrement que par son prénom en entier. Plus qu'un prénom, c'était sa marque de fabrique, dont elle faisait activement la promotion.

Ses réflexions furent interrompues par des voix qui s'approchaient. Il éprouva un profond soulagement. Le médecin allait lui dire si elle était réellement blessée.

Même si elle avait horriblement mal au crâne, la douleur irradiait tellement qu'elle était incapable d'en situer la source. Elle avait l'impression qu'elle était réveillée depuis des heures, mais inapte à faire l'effort d'ouvrir les yeux. Ses épaules et ses bras étaient endoloris. Tout son corps était courbaturé. Sa hanche la brûlait. Mais le pire était sa tête…

Elle entendit vaguement un bruit qu'elle reconnut comme étant celui de quelqu'un en train de se déplacer. Même si elle savait qu'elle le regretterait, elle ouvrit les yeux. Immédiatement, un flash explosa dans son cerveau et elle referma les paupières. Quelqu'un parla. Un individu avec une voix douce, mais elle ne le comprenait pas. Il s'exprima de nouveau et une main ferme prit la sienne pour vérifier son pouls.

Elle était blessée. Peut-être se trouvait-elle dans un hôpital ? Quand l'homme reprit la parole, elle réalisa que ce n'était pas la sensation d'avoir la tête dans le coton qui l'empêchait de l'entendre. C'était autre chose. Quelque chose d'insaisissable.

— *Bene, bene. Sei sveglia.*

— Je… je suis à l'hôpital ? prononça-t-elle péniblement.

— Pas hôpital, répondit une voix à l'accent prononcé. Vous êtes dans la maison du *Signor* Ricci. Il vous a portée. Vous étiez sur la plage.

Elle assimila ces informations, mot à mot.

— Merci, murmura-t-elle.

— Pouvez-vous ouvrir les yeux ?

Elle hésita. Était-elle prête à souffrir ? Mais rester indéfiniment dans l'obscurité n'était pas une option réaliste, aussi ouvrit-elle lentement les paupières en prenant une profonde inspiration en prévision de l'éblouissement de la lumière. Mais quelques instants plus tard, elle réalisa que c'était presque supportable. Son regard tomba sur un homme mince au visage ridé et aux yeux marron pleins de bienveillance.

— *Bene. Bene.*

Ces paroles qu'il avait déjà prononcées auparavant lui parurent familières mais, aussitôt, cette impression se dissipa.

— Que… que dites-vous ?

L'espace d'un instant, elle surprit l'inquiétude dans le regard de l'homme. Mais ce fut très court et quand il lui sourit, elle se détendit.

— Je dis simplement que vous allez très bien.

Un rire bref s'échappa de sa gorge sèche, coupé net par la douleur.

— Si c'est ce que vous appelez « très bien », je n'aimerais pas aller mal, dit-elle.

— Vous êtes saine et sauve, répliqua-t-il en lui prenant la main.

Il avait l'air tellement sûr de lui qu'elle le crut. De toute façon, elle n'avait pas suffisamment de forces pour le contredire.

— On s'occupera de vous. Mais auparavant, je dois vous examiner.

Quand elle se réveilla de nouveau, la lumière était moins violente et elle était seule dans une chambre faiblement éclairée. Son mal de tête l'élançait un peu moins. Néanmoins, elle ne se sentait pas capable de bouger. Elle referma les yeux pour se focaliser sur ce qu'elle ressentait. Elle écarta résolument la sensation indéfinissable et perturbante qui flottait dans un coin de sa conscience. Elle perçut alors un sifflement de plus en plus strident. Elle finit par réaliser que c'était le vent qui tourbillonnait au-dehors. Par moments, le bruit s'intensifiait de façon inquiétante. Si la tempête se déchaînait, elle devait absolument sortir et vérifier si…

Mais cette pensée se dissipa avant qu'elle ait pu la formuler. Elle fit un effort pour en retrouver le fil. Que devait-elle contrôler ? Pourquoi était-ce urgent ? Quoi que ce soit, cela attendrait. Elle n'était pas en état d'agir pour l'instant, même si, apparemment, elle n'avait rien de cassé. Elle se souvint que le médecin lui avait assuré qu'elle ne présentait aucun signe de lésion de la colonne vertébrale. Elle n'avait besoin que de sommeil et de repos.

Rassurée, elle soupira et tourna la tête sur l'oreiller moelleux. Ce lit était bien trop confortable et trop large pour un lit d'hôpital. Le docteur avait parlé d'une plage. Quelqu'un l'avait portée jusqu'à une maison. C'est donc là qu'elle devait se trouver. Ne voulant surtout pas s'imposer, elle résolut de rapidement prendre ses dispositions pour rentrer chez elle. De nouveau, cette sensation impalpable l'envahit. Était-ce parce qu'elle avait envisagé de regagner son domicile ? À cette idée, ce sentiment vague se mua en anxiété.

— Je vois que tu es enfin réveillée.

C'était une voix nouvelle. Celle d'un homme, grave, aux intonations riches comme du *dulce de leche*. Au simple son de cette voix, elle pouvait pratiquement sentir le caramel fondre dans sa bouche. Curieuse de découvrir à qui elle appartenait, elle surmonta sa crainte de la douleur et ouvrit les yeux.

Son cœur manqua un battement quand son regard se posa sur l'homme grand, aux cheveux noir brillant, qui se tenait à côté du lit. Sous son jean délavé, elle devinait des cuisses musclées. Bien que son polo clair ne soit pas particulièrement moulant, il émanait de tout son corps athlétique une impression de puissance.

Cet homme était tellement… spectaculaire, que pendant une seconde, elle se demanda si elle n'était pas en train de rêver. Ce n'était pas seulement sa haute taille ou son physique sexy. Ni son visage qu'elle n'osait même pas qualifier de séduisant, tant il était sublime. Sublime, mais sévère. Il se dégageait de l'inconnu un magnétisme fascinant, attirant et distant à la fois.

L'homme lui paraissait familier, ce qui acheva de la troubler. L'avait-elle vu sur une affiche ? Elle l'imaginait parfaitement, son visage à la perfection virile tourné vers un sommet montagneux, vantant les mérites d'une montre de luxe.

L'inconnu haussa un sourcil interrogateur et elle mit un terme à ses divagations pour répondre à la remarque qu'il venait de faire.

— Oui. Je suis de nouveau réveillée. Mais je dois avouer que j'espérais que tout ceci ne soit qu'un rêve.

D'un geste de la main, elle avait désigné le lit et la chambre.

L'homme la contempla un long moment en silence, les bras croisés, sans que son expression trahisse la moindre émotion.

— Malheureusement, ce n'est pas un rêve, dit-il finalement.

Comment avait-elle pu trouver sa voix douce et délicieuse ? À présent, elle était si froide qu'elle lui donnait la chair de poule. Et que dire du regard avec lequel il la toisait, sinon qu'il était déconcertant ? Était-elle donc si mal en point ? Elle se sentait pourtant déjà plus vaillante.

— Vous êtes aussi un docteur ? demanda-t-elle.

Les lèvres de l'inconnu se crispèrent et elle eut l'impression que sa question l'avait irrité. Un malaise l'envahit. Bien qu'il ne fasse pas mine de s'approcher, elle se sentit soudain vulnérable. Sur la défensive, elle essaya de s'asseoir, malgré la douleur qui irradia son corps et sa tête dès qu'elle se fut à moitié redressée. L'effort avait été tel qu'elle tremblait légèrement.

Elle aurait voulu se lever du lit, mais ses jambes ne l'auraient pas portée et elle n'avait pas envie de s'écrouler dès qu'elle aurait posé un pied au sol. Elle croisa les bras à son tour pour se donner de l'assurance, puis elle soutint le regard sombre de son hôte.

— Qui êtes-vous ? demanda-t-elle dans un souffle.

Un grognement d'exaspération s'échappa des lèvres sensuelles de l'homme.

— C'est vraiment tout ce que tu as trouvé ? demanda-t-il.

Stupéfaite par sa réaction incompréhensible, elle secoua la tête, mais une douleur plus aiguë l'obligea à s'immobiliser. Elle ferma les yeux et prit une profonde inspiration dans l'espoir de faire diminuer la souffrance. Quand elle les rouvrit, il s'était approché d'un pas, les sourcils froncés.

— Je vous ai demandé qui vous étiez, répéta-t-elle en tentant de masquer l'anxiété qui la gagnait.

— Tu sais parfaitement qui je suis. Je n'ai pas de temps à perdre avec ton petit jeu.

— Quel jeu ? Vous pensez que ceci est un jeu ?

Sa voix monta d'un cran tandis qu'elle portait une main à sa tête douloureuse.

L'expression de l'homme changea et, suivant son regard, elle baissa les yeux. Elle constata qu'elle était vêtue d'une chemise de coton léger avec les manches retroussées jusqu'aux coudes. Elle ne lui appartenait pas. Elle flottait littéralement dedans et un pan de travers dévoilait son épaule. Elle eut un moment de panique. Où étaient ses vêtements ? Dans un accès de pudeur, elle tira sur l'étoffe et se recouvrit. Ses doigts tremblaient trop cependant pour qu'elle ose refermer les derniers boutons sous le regard perçant de l'inconnu.

— Je vous assure, monsieur..., monsieur « Quel que soit votre nom », que ceci n'est pas un jeu.

— Je te l'accorde. Cette situation n'a rien d'amusant. Alors cesse de faire semblant. Dis-moi ce que tu fais ici.

— J'ai été blessée. Sur la plage.

C'est ce que lui avait dit le médecin, même si elle ne gardait aucun souvenir de cet événement.

— Comment t'es-tu blessée ? Et plus précisément, pourquoi sur cette plage ?

Sa voix avait une note impitoyable qu'elle détesta. Elle refusa cependant de céder à la peur qui la gagnait face à cette attitude aussi hostile qu'incompréhensible.

— Je ne... De quelle plage parlez-vous ? Où m'a-t-on trouvée ?

Elle était complètement désemparée. La question n'était pas seulement de savoir où on l'avait trouvée, mais où elle était à présent. L'étendue de son ignorance était effrayante et le flou dans lequel baignaient ses pensées prit soudain un aspect sinistre.

L'inconnu lança un nom dans une langue étrangère. Un nom qui n'éveilla rien en elle. Ou plutôt, elle reconnut un mot.

— *Isola* ? Cela veut dire « île », n'est-ce pas ?

Il se mit à applaudir lentement, en la toisant d'un regard goguenard qui la fit rougir de confusion.

— *Brava* ! Belle performance ! Mais pas assez convaincante. Je te rappelle que je te connais bien.

Elle voulut lui rabattre son caquet et lui dire qu'elle se souciait aussi peu de le convaincre que de l'opinion qu'il avait d'elle, mais une pensée coupa net le flot de ses protestations. En effet, elle venait de comprendre ce qu'impliquait cette impression vague dans laquelle elle avait le sentiment de flotter. Sa gorge se noua tandis qu'une vérité terrifiante faisait jour dans son cerveau. Une vérité que son état de confusion l'avait empêchée de réaliser plus tôt.

— Vous me connaissez ? demanda-t-elle.

— Pitié ! s'exclama-t-il en levant les yeux au ciel. Épargne-moi cette comédie. Bien sûr que je te connais.

— Alors, vous pouvez me dire qui je suis. Car je ne me souviens de rien.

2.

Angelo dévisageait la femme en face de lui, partagé entre colère et incrédulité. L'expérience lui avait appris à se méfier d'elle comme de la peste. Mais en dépit de toute logique, il ne pouvait s'empêcher de trouver qu'elle avait l'air vulnérable, avec ses yeux extraordinaires, grands ouverts, que des cernes ombraient.

Et terriblement sexy.

Son charme n'avait cependant rien à voir avec l'élégance sophistiquée, la perfection un peu froide dont il se souvenait. Les taches de rousseur sur l'arête de son nez et ses joues lui donnaient bonne mine, malgré sa pâleur. Sa chevelure couleur de miel – et non plus ce blond cendré qu'elle affectionnait autrefois – retombait naturellement sur ses épaules. C'était comme si elle s'était transformée en une innocente fille de la campagne. Ces changements pouvaient-ils expliquer la réaction qu'elle provoquait en lui ?

Rosetta, la gouvernante, avait donné à la jeune femme une des chemises bien trop grandes d'Angelo, et le regard de ce dernier était irrésistiblement attiré par les parcelles de peau et la courbe d'un sein qu'il entrapercevait à chacun de ses mouvements. Et chaque fois, une boule de feu prenait naissance dans le creux de son ventre. C'était d'autant plus surprenant qu'il avait cessé d'être séduit par elle dès l'instant où il avait découvert sa véritable personnalité. Mais il était bien décidé à ne pas laisser sa libido influencer son jugement.

— Tu ne te souviens de rien ? dit-il d'une voix traînante. C'est bien commode…

— En fait, c'est tout sauf commode, rétorqua-t-elle sèchement.

Elle avait relevé le menton et ses yeux lançaient des éclairs. Ce sursaut de colère le surprit. Avec lui, Alexa s'était toujours montrée douce et conciliante. Il avait découvert plus tard que d'autres, comme Rosetta, avaient subi sa mauvaise humeur quand elle n'obtenait pas immédiatement ce qu'elle voulait.

Sa rébellion fut cependant de courte durée. Avait-elle compris que son irascibilité ne lui attirerait pas la sympathie ?

Il avait toutefois de plus en plus de mal à rester insensible à cette détresse qu'il soupçonnait pourtant d'être feinte, car il avait beau se retrancher derrière son cynisme, son instinct protecteur menaçait à tout instant de reprendre le dessus. C'était difficile de lutter contre sa nature profonde, pour lui qui était généralement considéré comme un homme généreux, dévoué à sa famille et toujours prêt à aider son prochain.

Mais cette femme était l'exception.

— Pourquoi refusez-vous de me dire votre nom et où nous sommes ? reprit-elle.

Il poussa un soupir excédé.

— Je n'ai ni le temps ni le goût pour ces petits jeux, Alexa.

— Alexa ? Alexa…, répéta-t-elle.

Elle avait l'air sincèrement étonnée que ce nom soit le sien, ce qui troubla Angelo malgré lui. Puis elle tressaillit nerveusement et ferma les yeux, comme si elle retenait des larmes. Tout à coup, elle ne parut plus vouloir lui tenir tête, ou comploter. Elle avait l'air… désemparé. Une émotion surprenante envahit Angelo. Un moment de doute. Un éclair de sympathie et d'inquiétude. Mais ce fut très bref.

Quand il avait rencontré Alexa, elle était un mannequin assez connu, aspirant à devenir actrice. Elle s'était révélée plutôt bonne comédienne en ce qui le concernait et il n'avait dû qu'à un événement imprévu de découvrir sa duplicité. De toute évidence, son talent s'était encore bonifié, puisqu'elle parvenait à susciter sa sympathie alors qu'il la connaissait sous son véritable jour.

— Alexa comment ? demanda-t-elle finalement.

Sans cacher son exaspération, il répondit :

— Alexa Barrett.

Elle soutint brièvement son regard avant de baisser les yeux. Il n'avait pas l'habitude de la voir ainsi décontenancée et de nouveau, cela le perturba.

— Le docteur…, va-t-il revenir bientôt ? demanda-t-elle.

— Il viendra quand il pourra. Le temps est épouvantable et il devait s'occuper d'une autre urgence. Mais il a promis qu'il repasserait aujourd'hui.

L'allusion au médecin raviva sa mauvaise conscience. Même si elle ne lui inspirait que du mépris, il ne pouvait pas nier que, quelles que soient les motivations d'Alexa, la jeune femme était *réellement* inconsciente quand il l'avait trouvée. Le docteur avait confirmé qu'elle avait reçu un coup sur la tête et il avait recommandé qu'elle se repose et qu'elle ne bouge pas pour l'instant.

Malgré l'envie qu'il en avait, Angelo ne pouvait pas la mettre à la porte alors qu'une tempête d'une force exceptionnelle s'abattait sur la région. De plus, la simple décence lui imposait de veiller sur elle tant qu'elle ne serait pas rétablie.

— As-tu besoin de quelque chose ? demanda-t-il. Tu as soif ? Faim ?

Elle tressaillit, comme si cette prévenance soudaine la surprenait, venant de lui. L'expression étonnée de ses grands yeux bleus le contraria. Il n'était pas un monstre ! Il se protégeait, c'est tout. Alexa pouvait le comprendre mieux que quiconque.

— Merci, dit-elle. Je boirais volontiers un verre d'eau.

Il s'approcha de la table de chevet, où Rosetta avait posé une carafe d'eau fraîche, et il en remplit un verre.

— Oh…, je suis désolée, je ne l'avais pas vu.

Alexa s'en empara en prenant soin de le saisir par le pied, comme si elle souhaitait éviter que ses doigts touchent ceux d'Angelo. Mais la jeune femme tremblait tellement qu'un peu d'eau se renversa avant que ce dernier rattrape le verre – et sa main.

Il s'en voulut d'avoir laissé sa rancœur prendre le pas sur la plus élémentaire compassion, au point d'oublier une fois de plus qu'elle avait peut-être subi un traumatisme crânien. Saisissant les mains de la blessée entre les siennes, il l'aida à se désaltérer. Tandis qu'elle buvait avidement, il put voir que ce n'étaient pas seulement ses membres supérieurs qui tremblaient, mais tout son corps. Voulant s'assurer qu'elle n'avait pas de fièvre, il toucha son front. Elle retint son souffle, avant de rejeter la tête en arrière. Apparemment, pas plus que lui, elle n'était désireuse du moindre contact physique entre eux.

— J'ai assez bu, merci.

Angelo reposa le verre sur la table de nuit et le remplit de nouveau. Quand il se retourna vers elle, elle s'était adossée à l'antique tête de lit en bois sculpté. Cela n'avait pas l'air confortable.

— Tu ne préfères pas t'allonger ?

— Non, je vais rester assise. Merci.

Vu l'état dans lequel elle était, il jugea inutile d'argumenter. Il alla prendre deux oreillers qui étaient posés sur une chaise à proximité.

— Penche-toi en avant, ordonna-t-il. Tu seras plus confortablement installée ainsi.

Alexa s'écarta légèrement. Ses mouvements étaient lents et raides, mais ce fut suffisant pour qu'il puisse glisser les deux oreillers derrière elle. Quand elle s'adossa de nouveau, sa respiration était saccadée et sa pâleur inquiéta Angelo.

— Merci, murmura-t-elle dans un souffle à peine audible.

Il nota qu'elle ne l'épiait pas du coin de l'œil pour voir si elle avait réussi à l'émouvoir. Elle fixait la fenêtre qui donnait sur la mer. Afin de chasser l'étrange malaise qui le submergeait, il s'écarta du lit. Son mouvement ne causa aucune réaction chez Alexa. Non que cela le préoccupe, mais son instinct lui soufflait que quelque chose n'allait pas. Alexa avait toujours été attentive à ses faits et gestes, hyper sensible à ses moindres changements d'humeur. Elle lisait en lui à livre ouvert, ce qui l'avait particulièrement contrarié quand il avait découvert qu'elle avait utilisé ce don pour trahir sa confiance. Mais aujourd'hui, il était convaincu qu'elle n'était pratiquement pas consciente de sa présence.

— Pourquoi es-tu venue, Alexa ?

Quand elle se tourna lentement vers lui, son visage était étrangement dénué d'expression.

— C'est justement le problème, dit-elle. Je ne m'en souviens pas.

Sa réponse provoqua une réaction surprenante chez son hôte. Sa figure se renfrogna et il serra les lèvres. Pourquoi refusait-il obstinément de la croire ? Des larmes de découragement lui montèrent aux yeux. Ne voulant pas se donner en spectacle, elle retourna son attention sur la mer qu'on voyait par la grande fenêtre. Elle luttait de toutes ses forces pour chasser la détresse qui la gagnait.

Engourdie par le choc et la douleur, désarçonnée par l'effort de concentration que lui avaient demandé les questions du médecin, elle n'avait pas compris ce qui lui arrivait. C'est maintenant seulement qu'elle réalisait à quel point son univers se limitait à ses sensations et son environnement immédiat. Tout le reste se réduisait au néant qui embrumait son cerveau.

Sa mémoire était une page blanche et cette pensée la terrifiait. La contemplation de la mer finit par calmer son angoisse. Les vagues frangées d'écume se confondaient presque avec le ciel sombre et bas, tandis qu'une pluie diluvienne zébrait l'horizon. Le spectacle, bien qu'inquiétant, n'en était pas moins magnifique.

Aussi magnifique que l'homme qui se tenait à son chevet, bouillonnant de colère contenue. Son impatience était palpable et alourdissait l'atmosphère de la chambre luxueuse où elle se trouvait, mais elle ne put s'empêcher de songer que son attitude réprobatrice était à l'unisson de la tempête qui faisait rage au-dehors. Il lui faisait penser à un dieu païen, maître des éléments, vivant au sommet d'une montagne, déclenchant des turbulences quand il était d'humeur sombre.

Que se passait-il quand il souriait ? Le soleil apparaissait-il comme par enchantement ? Malheureusement, il était peu probable que cela se produise, et c'était une bonne chose, car elle soupçonnait qu'il devait être dangereusement irrésistible s'il le faisait.

Consciente que ses pensées s'égaraient, elle se ressaisit. Comment pouvait-elle laisser son imagination vagabonder alors qu'elle avait perdu la mémoire ? Alors qu'elle se trouvait dans un lieu où elle n'était visiblement pas la bienvenue, avec un homme qui la méprisait. Un homme beau comme le héros d'un roman d'amour… La situation était tellement irréelle qu'elle voulut en avoir le cœur net.

— Que fais-tu ? s'exclama-t-il quand il vit qu'elle se pinçait l'avant-bras.

— Je vérifie que je ne suis pas en train de rêver.

Elle se tourna vers lui et constata avec une pointe de soulagement qu'il la regardait maintenant avec curiosité, et non plus avec colère.

— Tu es sûr que je m'appelle Alexa ? demanda-t-elle.

— Sûr et certain.

— Ce nom ne me paraît pas familier. Pourtant, il le devrait, si je le porte depuis…

Une vague de panique l'envahit et elle se laissa retomber contre les oreillers moelleux qu'il avait obligeamment calés dans son dos. Elle avait beau se répéter que son état était temporaire, elle n'arrivait pas à chasser la peur qui l'avait gagnée. Et si c'était définitif ?

— Je ne sais même pas quel âge j'ai, conclut-elle piteusement.

À l'expression de son compagnon, elle crut qu'il allait tourner les talons et l'abandonner là. Elle pria pour qu'il n'en fasse rien. Il ne la portait pas dans son cœur mais, pour le moment, il était la seule personne qui pouvait l'aider à y voir clair.

— Tu prétendais avoir vingt-trois ans la dernière fois que je t'ai vue. C'était il y a cinq ans.

— « Prétendais » ? Il y avait un doute ?

Il haussa les épaules, attirant son attention sur sa carrure athlétique, puis elle contempla ses magnifiques mains masculines qu'il écarta en un geste fataliste.

— J'ai appris à me méfier de tout ce que tu racontais.

Que voulait-il dire par là ? Qu'elle avait tendance à exagérer ? Ou qu'elle mentait ? Décidément, l'image qu'il lui renvoyait était tout sauf flatteuse. Que s'était-il passé pour qu'il la haïsse à ce point ? Elle se sentait idiote d'être contrariée par quelque chose dont elle ne se souvenait pas, mais quel amnésique avait envie de découvrir qu'il était en fait quelqu'un de détestable ? Elle peinait à admettre que la vision négative qu'il avait d'elle corresponde à la réalité. Mais l'effort qu'elle venait de faire en vain pour retrouver quelques bribes de son passé avait ravivé son mal de tête. Démoralisée, elle referma les yeux.

— Alexa.

L'intonation péremptoire les lui fit rouvrir aussitôt. L'intensité des prunelles couleur café qui la fixaient lui donna l'impression qu'il lisait en elle. L'idée que cet homme, dont toute l'attitude trahissait la désapprobation et la méfiance à son égard, puisse la connaître mieux qu'elle-même lui était désagréable. Elle résolut pourtant de se confier à lui.

— Je n'ai pas l'impression d'être une Alexa, avoua-t-elle. Ce prénom me paraît… étranger.

— Sur la plage, quand tu es revenue à toi, tu disais t'appeler Ally.

— Ally ?

À son désarroi, ce nom ne lui parut pas davantage familier. À vrai dire, rien ne le lui semblait. Pas même la vue de ses mains dénuées de bagues ou de ses bras légèrement hâlés qu'elle devait pourtant avoir contemplés chaque jour depuis les vingt-huit années qu'elle était sur Terre.

— Oui, assura-t-il. Je suppose que c'est un diminutif pour Alexa. Mais ne t'inquiète pas pour ça maintenant.

Sa voix masculine avait repris l'intonation grave et réconfortante qui lui évoquait irrésistiblement du caramel tiède.

— Ferme les yeux et essaie de te détendre. Le docteur va revenir et, en attendant, quelqu'un restera toujours avec toi.

Elle ravala une protestation. À quoi bon ? Ses tentatives pour réfléchir et le simple fait de parler l'avaient épuisée. Elle espérait qu'après avoir dormi, elle irait mieux. Avec un peu de chance, sa mémoire serait revenue à son réveil. Elle se ferait un plaisir de prouver à cet homme aussi troublant que dédaigneux qu'elle ne s'appelait ni Alexa ni Ally, et qu'elle n'était pas la menteuse qu'il l'accusait d'être.

S'accrochant à cette perspective, elle sentit ses paupières s'alourdir et ses yeux se fermèrent d'eux-mêmes. En quelques secondes, elle sombra dans un profond sommeil.

Angelo faisait les cent pas dans le couloir devant la chambre où le médecin examinait Alexa. Elle avait dormi pendant plusieurs heures. La rapidité avec laquelle elle s'était assoupie l'avait d'ailleurs inquiété. Au point qu'il s'était levé à intervalles réguliers du fauteuil où il traitait ses mails professionnels, près du lit, pour s'assurer qu'elle respirait toujours.

Quand le docteur sortit finalement de la chambre, Angelo l'invita à le suivre dans son bureau qui se trouvait au rez-de-chaussée. Là, il écouta attentivement le compte rendu de l'examen qu'il lui fit, et lorsque le médecin eut terminé, il ne cacha pas son étonnement.

— Vous voulez dire qu'elle aurait vraiment perdu la mémoire ?

— Avez-vous des raisons d'en douter ?

Le praticien s'était installé après le départ d'Alexa et, à la connaissance d'Angelo, aucune rumeur ne circulait sur l'île à propos de la jeune femme.

— Oui, répondit-il. Je l'ai bien connue il y a quelques années. On ne peut pas lui faire confiance.

— Je vois… Mais feindre l'amnésie… Ça me semble un peu excessif comme mensonge.

Parce qu'il ne connaissait pas Alexa… Par expérience, Angelo savait qu'elle ne reculait devant rien pour parvenir à ses fins.

— L'amnésie est assez rare, reprit le médecin, mais ce n'est pas inhabituel après un traumatisme crânien. Vous m'avez dit que Mlle Barrett parlait l'italien. Eh bien, il semblerait qu'elle n'en comprenne plus un mot maintenant.

— Ne serait-il pas plus prudent de la faire transférer dans un hôpital sur le continent ?

Ainsi, elle deviendrait le problème de quelqu'un d'autre. Malgré la conviction du docteur, Angelo ne doutait pas que l'« amnésie » d'Alexa disparaîtrait aussitôt.

— Non, c'est impossible avec cette tempête. Plus aucune liaison aérienne n'est assurée. Quant à prendre la mer…

Laissant sa phrase en suspens, le médecin se contenta de regarder la mer déchaînée par la fenêtre. Angelo dut en convenir, l'île était coupée du monde pour la nuit, voire pour deux ou trois jours, à en croire les prévisions météorologiques.

— Vous avez raison, admit-il finalement.

— Je savais que je pouvais compter sur vous. Et rassurez-vous. Les pertes de mémoire sont généralement de courte durée. Quelques heures, quelques jours tout au plus.

Avant de partir, le docteur dressa une liste de symptômes à surveiller. S'ils survenaient, il faudrait l'appeler immédiatement. Enfin, il donna des instructions pour l'administration d'antalgiques et conseilla de faire beaucoup boire la malade.

Angelo l'écouta attentivement. Alexa Barrett était entre de bonnes mains. Il s'occuperait bien d'elle. Avec de la chance, elle serait rapidement sur pied et elle repartirait aussitôt que les liaisons seraient rétablies avec le continent.

En son for intérieur, cependant, il craignait de ne pas se débarrasser aussi facilement d'elle. N'avait-elle pas déjà réussi à s'introduire chez lui ? Alors qu'il s'était juré de ne plus jamais la laisser s'approcher de lui ou des siens.

3.

Assise dans un fauteuil près de la fenêtre, elle regardait la mer démontée derrière les vitres que fouettaient les trombes de pluie. Vingt-quatre heures s'étaient écoulées et elle n'arrivait toujours pas à s'habituer à l'idée qu'elle s'appelait Ally. Mais elle préférait ce prénom à Alexa, qui sonnait vraiment faux à son oreille, peut-être à cause du dédain avec lequel son hôte le prononçait ?

La pensée de l'hostilité qu'il lui témoignait lui laissa un sentiment d'oppression et elle aurait voulu sortir sur le balcon pour respirer une grande bouffée d'air marin.

Jusqu'à présent, elle n'avait vu de la demeure qu'elle devinait vaste que cette chambre et la salle de bains attenante, car elle se sentait encore trop faible pour explorer les lieux. De plus, on ne l'y avait pas invitée. Elle se doutait bien que sa présence ici n'était que tolérée, même si la suite qu'on lui avait attribuée était spacieuse et confortable. Le lit immense lui donnait l'impression de reposer sur un nuage et elle subodorait que les œuvres d'art accrochées aux murs étaient des originaux. Et que dire de la spectaculaire salle de bains, avec sa baignoire encastrée dans le sol et entièrement recouverte de marbre blanc aux délicates nervures vert pâle, sinon qu'elle portait le raffinement à son comble ?

Toutefois, aussi agréable que soit ce cadre, elle éprouvait un malaise, car elle savait que tout ce luxe lui était totalement étranger. Elle ignorait en revanche d'où provenait cette certitude. Elle savait également que le soleil se levait à l'est et se couchait à l'ouest et qu'il fallait mettre un chapeau à larges bords en été. Elle se souvenait de ce genre de détails inutiles, alors qu'elle était incapable de se rappeler son nom, ou l'endroit d'où elle venait.

Il lui avait dit qu'elle était Australienne. C'était l'une des rares informations que son hôte taciturne avait daigné lui donner et elle s'y accrochait avec espoir. Même si elle ne faisait pas aveuglément confiance à Angelo Ricci, car elle sentait qu'il n'était pas impartial en ce qui la concernait.

Angelo Ricci… Lui soutirer son nom n'avait pas été une mince affaire. Elle avait eu l'impression d'arracher une dent à un loup méfiant.

L'homme lui mettait les nerfs à vif avec ses silences pesants et son attitude critique. Comme si elle avait fait *exprès* d'échouer sur sa chère plage ! C'était Rosetta qui lui avait désigné par la fenêtre, la bande de sable clair où on l'avait trouvée. Rosetta était la gouvernante et, comme le maître de maison, elle ne semblait pas ravie de la présence d'Ally. Elle se montrait polie et les repas qu'elle lui apportait étaient toujours délicieux, mais elle ne se fendait jamais d'un sourire ni d'un regard bienveillant.

Inévitablement, ses pensées revenaient au même point. Comment était-elle arrivée ici ? Pourquoi était-elle seule ? Il devait bien y avoir, quelque part, quelqu'un qui s'inquiétait de ne pas la voir rentrer. Une famille, un petit ami, voire un époux… Mais il était peu probable qu'elle soit mariée, car elle ne portait pas d'alliance.

— Que fais-tu ?

Surprise par cette question alors qu'elle croyait être seule, elle sursauta, avant de se retourner.

Angelo Ricci se tenait dans l'entrebâillement de la porte. Il la dévisageait comme s'il la soupçonnait d'être venue pour faire main basse sur l'argenterie. Allait-il lui apprendre maintenant qu'en plus d'être une menteuse, elle était une voleuse ? Refusant de se laisser intimider alors qu'elle n'avait rien fait de mal, elle soutint son regard.

— J'admire la vue.

— Tu n'aurais pas dû quitter le lit, dit-il.

Puis il traversa la pièce à grandes enjambées. Elle admira la souplesse féline de ses foulées. Car, en dépit du mépris qu'il lui témoignait, elle ne pouvait nier qu'elle était sensible à son incroyable présence physique, et ce depuis la première fois où ses yeux s'étaient posés sur lui. Elle devait reconnaître qu'il ne lui inspirait pas que de l'antipathie. Quand il s'immobilisa devant elle, une curieuse sensation de douceur se diffusa en elle, sur laquelle elle préféra ne pas s'attarder. Parce que face à cet homme, elle ne devait surtout pas dévoiler la moindre faiblesse.

— Je me suis reposée toute la journée, comme l'a recommandé le docteur.

L'expression de ses yeux couleur café la fit de nouveau penser à un dieu primitif, prêt à déclencher un orage pour exprimer sa fureur. À quoi pouvait ressembler Angelo Ricci quand il laissait libre cours à sa colère ? Les battements de son cœur s'accélérèrent à cette pensée. Mais d'excitation, pas de peur. Aimait-elle inconsciemment le danger ? Était-elle accro à l'adrénaline ? Comment expliquer autrement ce besoin soudain de le provoquer, qu'elle réussit néanmoins à refréner.

— Et si tu étais tombée, et que tu t'étais de nouveau cogné la tête ?

Surprise, elle chercha à déchiffrer son expression fermée. Était-ce de l'inquiétude qu'elle avait perçue dans sa voix ? Non, c'était impossible. Il craignait qu'elle se blesse de nouveau parce qu'il ne voulait pas qu'elle prolonge sa convalescence chez lui indéfiniment.

— Mais je ne suis pas tombée. Je me sens en forme.

Ce qui n'est visiblement pas le cas de mon hôte, songea-t-elle en remarquant les cernes qu'il arborait.

— Ai-je rêvé, où c'est toi qui es resté auprès de moi toute la nuit ? demanda-t-elle.

Elle gardait un souvenir confus d'une présence dans l'ombre au-delà du faible cercle de lumière de la lampe de chevet. D'une main ferme qui la soutenait pour l'aider à boire un grand verre d'eau.

— Rosetta avait pris la garde de jour, dit-il en haussant dédaigneusement les épaules.

Effectivement, elle se souvenait avoir fréquemment vu Rosetta se pencher sur elle toute la journée de la veille. Ce rôle de garde-malade avait dû s'ajouter à toutes ses autres tâches, ce qui expliquait peut-être la froideur de la gouvernante.

— Merci. C'est très gentil, dit-elle.

Elle eut l'impression que ses remerciements le déconcertèrent. Pensait-il qu'elle était mal élevée au point de ne pas lui être reconnaissante de ce qu'il faisait pour elle ? Ou n'avait-il pas l'habitude de faire des choses qui appelaient la gratitude ?

Décidément, cet homme représentait un mystère. Elle aurait voulu le comprendre. Mais pas autant qu'elle aurait voulu se comprendre elle-même.

Par exemple, comment se faisait-il qu'en dépit de l'antipathie qu'il lui inspirait, quelque chose se déclenchait en elle chaque fois qu'il était là ? Sa présence masculine provoquait immanquablement un sursaut d'énergie et de curiosité. Et paradoxalement, malgré son attitude hostile, elle se sentait en sécurité avec lui.

Elle était aussi troublée à l'idée qu'il l'ait portée dans ses bras de la plage jusqu'à la maison, même si elle n'en gardait aucun souvenir.

— À quoi penses-tu ?

La question d'Angelo fit réaliser à Ally qu'elle était en train de contempler son sublime visage masculin comme si elle n'avait jamais vu un homme de sa vie. Prise en flagrant délit, elle aurait dû se sentir embarrassée, mais au lieu de cela, elle éclata de rire. Compte tenu de l'état de sa mémoire, c'était effectivement le cas ! Si elle ne tenait pas compte du vieux docteur, Angelo Ricci était le seul homme qu'elle n'ait jamais vu, aussi loin qu'elle se souvienne. Était-ce pour cette raison qu'il attirait son regard comme un aimant ? C'était ridicule !

Mais comment expliquer les réactions purement physiques qu'il provoquait en elle ? Ce frémissement qui parcourait tout son corps, faisant se dresser la pointe de ses seins ? Elle n'éprouvait quand même pas du… désir pour lui ? Il ne manquerait plus que ça !

Son rire mourut sur ses lèvres et elle détourna la tête. Elle ignorait ce qui serait pire : qu'elle soit réellement attirée par cet homme odieux ou, qu'en fait, elle le soit par tous les hommes.

— Alexa…

— Ally ! le coupa-t-elle. S'il te plaît, je préfère Ally.

Du coin de l'œil, elle vit Angelo Ricci s'accroupir à côté d'elle.

— Qu'est-ce qui ne va pas, Ally ? demanda-t-il.

Elle eut un petit rire amer.

— Ce qui ne va pas ? À part le fait que j'ai perdu la mémoire, que j'ignore qui je suis et comment je suis arrivée ici ?

Constatant que sa voix trahissait son sentiment de découragement, elle se tut. Quand elle baissa les yeux, elle vit que ses mains avaient agrippé les pans de la chemise blanche qui recouvraient ses cuisses. À la pensée que cette chemise trop grande pour elle appartenait à Angelo Ricci et qu'elle avait été portée par lui, elle sentit une vague de chaleur réchauffer son visage, puis son cou et ses seins. Elle eut soudain conscience qu'elle n'avait rien en dessous. Par un réflexe de pudeur, elle tira sur l'ourlet pour couvrir davantage ses jambes, puis rabattit le col entrouvert sur sa poitrine.

— Le médecin est convaincu que tu retrouveras la mémoire. Il faut être patiente.

Angelo se redressa, puis il tourna l'autre fauteuil près de la fenêtre, vers elle, et il s'assit.

— Et s'il se trompait ? demanda-t-elle.

— Nous aviserons le moment venu, répondit-il avec fatalisme.

— « Nous » ? Il n'y a pas de « nous ». Il n'y a que moi.

Il soutint son regard et pendant un instant, elle se perdit dans ces yeux aux profondeurs insondables. Ce qu'elle y lut – ou crut y lire – ressemblait plus à la méfiance qu'à la sympathie. Instinctivement, elle recula contre le dossier du fauteuil. Il ne voulait pas éprouver de la sympathie pour elle. Pour une raison qu'elle ignorait, il voulait la tenir à distance. Malgré le désespoir que la froideur inexplicable et persistante de son compagnon lui causait, elle réussit à parler d'un ton posé.

— Je ne veux pas te retenir plus longtemps. J'ai déjà suffisamment abusé de ton temps. Et tu as raison, je dois me montrer patiente.

Angelo aurait voulu se convaincre qu'Alexa avait raison. Qu'elle n'avait pas besoin de son aide. Mais chaque fois qu'il voyait l'anxiété qui assombrissait le regard de la jeune femme, la nervosité qui lui faisait froncer les sourcils et se mordiller la lèvre inférieure, il éprouvait un pincement de doute. Il ne se souvenait pas de lui avoir vu ces mimiques. Était-ce une tactique délibérée, ou avait-elle changé ? Il était parvenu à cette conclusion à plusieurs reprises. Pourtant, elle était la même femme. C'était la même silhouette, la même voix. Et la même couleur d'yeux, unique. Mais son visage lui paraissait imperceptiblement plus rond que dans sa mémoire.

Sous son regard scrutateur, elle entreprit nerveusement de reboutonner sa chemise. De nouveau une réaction qui ne cadrait pas avec la femme qu'il connaissait, fière de son corps et aimant l'exhiber. Elle se délectait de l'adulation des hommes, même lorsqu'elle était engagée dans une relation sérieuse.

Et si son amnésie n'était pas feinte ? se demanda-t-il une fois encore, avant de repousser cette idée. Il lui fallait plus que quelques accès de pudeur et de nervosité pour le convaincre.

— Alexa… Ally, tu es en sécurité ici. Le médecin pense que tu vas rapidement retrouver la mémoire. Quand ce sera le cas, je t'aiderai à retourner d'où tu viens.

Résolu à mettre de côté ses soupçons et à la traiter comme une visiteuse ordinaire, il avait parlé d'un ton affable, presque gentil mais, au fond de lui, il espérait que ce « d'où tu viens » se trouvait le plus loin possible de chez lui.

Angelo choisit d'ignorer la sensation de chaleur qui envahit son bas-ventre quand elle croisa ses jambes parfaitement galbées avant de les ramener sous le fauteuil. Ce mouvement, apparemment dicté par une volonté de les soutirer à son regard masculin, lui rappela surtout qu'elle était nue sous sa chemise. Une réalité sur laquelle il refusa toutefois de s'attarder.

— Merci, dit-elle. Je suis sûre que ce sera un soulagement pour toi.

— Et pour toi, renchérit-il. Ça doit être terrible de ne se souvenir de rien.

Elle releva le menton dans un geste qui, pour une fois, lui ressemblait. Angelo en éprouva une sorte de soulagement car, en dépit de toute rationalité, il lui arrivait de se demander s'il ne faisait pas fausse route. Mais le mouvement qu'elle venait de faire était du pur Alexa.

— C'est très désagréable, assura-t-elle. Mais puisque tu connais mon nom, tu dois pouvoir m'en dire davantage sur moi. Tout ce que tu pourras m'apprendre m'aidera.

— J'ignore pourquoi tu es venue sur l'île. Je ne t'avais pas vue depuis des années et je ne m'attendais pas à te revoir un jour. Quand je t'ai rencontrée, tu travaillais comme mannequin en Europe depuis quelque temps. Pas dans la haute couture, mais plutôt pour des vêtements de sport, des maillots de bain et de la lingerie.

Il vit son visage se crisper imperceptiblement. Elle n'était apparemment pas ravie qu'il lui rappelle qu'elle n'avait pas eu la carrière prestigieuse à laquelle elle aspirait.

— Et ma famille ? Sais-tu d'où je venais, en Australie ?

— Non. Tu ne m'en as jamais parlé et tu disais que tu n'avais pas de famille proche.

Elle avait été très évasive à ce sujet, prétendant être libre de toute attache et sans désir de vivre dans le passé. Plus tard, elle lui avait dit en passant que ses parents étaient morts et qu'elle était fille unique. Au début, il avait soupçonné une tragédie familiale, car il n'avait pas surpris le moindre chagrin sur son visage, et il n'avait pas insisté pour obtenir plus de détails. Pour avoir perdu son père prématurément, il savait que les grandes peines pouvaient être profondément enfouies.

— Où est-ce que je vivais ?

— En colocation, à Rome, mais tu as déménagé parce que vous ne vous entendiez plus.

— Ma colocataire était-elle aussi mannequin ? Sais-tu comment elle s'appelait ? Peut-être que je pourrais la retrouver.

Angelo n'en revenait pas. Alexa avait vraiment l'intention de jouer la comédie jusqu'au bout ! Ou n'en était-ce pas une ? Cette pensée le perturba. Il ne voulait pas éprouver de la sympathie pour cette femme qui avait traversé sa vie en causant d'infinis dégâts. En cet instant, il n'avait qu'une envie : se lever et partir. Il dut faire appel à toutes ses réserves de self-control pour garder une expression polie. Il avait promis au médecin qu'il veillerait sur elle, et il ferait tout son possible pour qu'elle guérisse. Ensuite, elle s'en irait et il ne la reverrait plus jamais.

— Je n'en ai pas la moindre idée. Mais ton colocataire était un homme. Et ton amant.

Les yeux d'Alexa s'écarquillèrent et elle resta bouche bée, comme s'il l'avait choquée. Comme si elle ne s'imaginait pas vivre avec un homme, ou avoir un amant. L'ironie de la situation le fit sourire. Mais quand elle se mordilla nerveusement la lèvre inférieure, Angelo sentit son sexe durcir. Se doutait-elle que ce geste attirait l'attention sur la courbe sensuelle de sa bouche ? Ses lèvres étaient l'une des premières choses qu'il avait remarquées chez Alexa. Ça et la lueur aguicheuse dans ses yeux spectaculaires.

Et son corps, souple et séduisant.

Malgré lui, Angelo laissa tomber son regard sur ses seins qui tendaient le tissu de sa chemise. Il ne pouvait s'empêcher d'être troublé à l'idée que c'était sa chemise à lui qu'elle portait à même la peau. Troublé et excité. Il éprouvait la même tension sexuelle qui lui avait autrefois fait baisser la garde, ce qui avait eu des conséquences calamiteuses.

Pourtant, Alexa avait indéniablement changé. Elle avait pris un peu de poids, ses courbes étaient plus féminines, soulignant sa taille fine. Son visage avait la même fraîcheur juvénile que cinq ans auparavant mais aujourd'hui, elle se coiffait différemment. Au lieu de les lisser, elle laissait retomber ses cheveux librement sur ses épaules. Leur nuance de blond avait aussi changé et il n'avait jamais remarqué ses taches de rousseur.

Elle leva la tête et soudain Angelo se retrouva à fixer de grands yeux d'un bleu extraordinaire, tirant sur le mauve. Une couleur qu'il n'avait jamais vue ailleurs que chez elle. Son pouls s'accéléra. Il ne pouvait nier qu'elle était une très belle femme, en dépit de tous ses défauts sur le plan moral. Elle était aussi la preuve vivante qu'il ne fallait pas se fier aux apparences.

— Comment nous sommes-nous connus, Angelo ?

La façon dont elle prononça son nom le surprit. Alexa était fière de son accent italien impeccable. À présent, elle le disait un peu différemment. Sans doute pour accréditer la fable selon laquelle elle avait aussi oublié cette langue.

Et si c'était vrai ?

Vrai ou pas, la présence d'Alexa sous son toit représentait une épreuve pour lui. Des émotions profondément enfouies remontaient à la surface. Honte, regret, mépris pour lui-même de s'être laissé duper. À cause de sa crédulité, il avait manqué à la promesse faite à son père mourant. Il avait laissé cette femme faire souffrir sa mère et sa sœur.

— Tu as besoin de repos, dit-il d'une voix plus rugueuse. Nous continuerons cette conversation plus tard, quand tu auras repris des forces.

— Non ! Dis-moi. Nous nous connaissions bien ?

La détermination avait remplacé la faiblesse à présent et elle exigeait une réponse. Eh bien, elle allait l'avoir !

— On peut dire que nous nous connaissions aussi bien que deux personnes puissent se connaître.

L'expression ébahie qu'elle afficha acheva de l'exaspérer. Il eut envie de lui clouer le bec et de mettre un terme à cette mascarade ridicule.

— Tu as été ma maîtresse. Puis ma femme.

4.

Ally sentit la chair de poule hérisser ses bras. « Tu as été ma maîtresse, puis ma femme ». Le ton glacial avec lequel il avait prononcé ces paroles indiquait le peu de place qu'elle occupait dans son cœur et dans son estime.

Pour son malheur, son univers se résumait à Angelo Ricci, et il était la seule personne sur qui elle pouvait compter pour retrouver la mémoire. Cette perspective prenait un aspect encore plus terrifiant à la lueur de ce qu'il venait de lui annoncer avec une telle brutalité.

— Ta femme ?

Le simple fait de prononcer ce mot déclencha une curieuse sensation dans le creux de son ventre, puis plus bas, dans la partie la plus intime de son corps qui sembla soudain s'éveiller.

— Oui.

— Sommes-nous toujours mariés ?

Son expression disait clairement que cette idée l'horrifiait.

— Divorcés.

Chaque syllabe résonnait de son mépris. Le cerveau en ébullition et le cœur battant à tout rompre, elle se laissa retomber dans son fauteuil.

À part la vague impression ressentie une fois ou deux d'avoir déjà vu son visage, elle n'avait aucun souvenir de cet homme. Comment était-ce possible, s'ils avaient été intimes ?

Elle sentit ses joues s'enflammer à la pensée qu'elle avait eu une relation sexuelle avec Angelo. Elle avait caressé ce visage sévère mais sublime, ces épaules larges et ce torse puissant, tandis que lui aussi la caressait. Il avait exploré son corps de ses mains masculines, et même maintenant, malgré son attitude détestable, il éveillait en elle des désirs inavouables ; la sensation d'une douceur presque douloureuse dans le creux de ses cuisses s'intensifia.

Elle prétendait qu'elle ne s'imaginait pas avoir été intime avec cet homme glacial. Or, il était évident qu'elle se l'imaginait au contraire trop bien.

Profondément troublée par les fantasmes qui venaient l'assaillir, elle leva les yeux et rencontra ceux d'Angelo. Son expression furieuse avait disparu. Son regard noir étincelait à présent d'une lueur qui évoquait la faim. Une faim brûlante et primitive. Mais la seconde suivante, cette lueur s'était envolée et elle se sentit… abandonnée.

Le changement avait été si radical qu'elle sut que le désir qu'elle avait cru voir n'était que le fruit de son imagination perturbée par son amnésie. Dans la réalité, aucune attirance n'existait entre Angelo Ricci et elle, et elle appréhendait maintenant d'autres révélations.

— J'étais ta maîtresse, reprit-elle. Tu veux dire que tu étais marié avec une autre femme quand… quand nous étions ensemble ?

— Bien sûr que non ! répondit-il d'un ton offusqué.

Elle poussa un soupir de soulagement. La pensée d'avoir pu être « l'autre femme » dans un triangle amoureux l'avait horrifiée.

— Mais alors pourquoi dis-tu « maîtresse » ?

— Tu aurais préféré « femme entretenue » ?

Seigneur, non ! Que sous-entendait-il ? Qu'elle s'était donnée à lui contre de l'argent ? Ally n'arrivait pas à s'imaginer être quelqu'un de vénal. Même si elle ignorait de quoi elle avait été capable dans le passé, tout son être se révoltait à cette idée. Était-ce la preuve qu'elle n'était pas celle qu'il l'accusait d'être ? Ou son inconscient avait-il trouvé cette parade pour nier une vérité trop désagréable ?

Quoi qu'il en soit, elle ne pouvait pas le laisser proférer de telles ignominies sur son compte.

— Ton choix de vocabulaire en dit long sur toi, lança-t-elle. C'est délibérément dévalorisant. Tu aurais pu dire petite amie, partenaire, ou amante. Mais tu as décidé d'être insultant.

Un sursaut d'amour-propre lui avait donné la force de surmonter sa sidération. Peut-être était-elle professeur de lettres, passionnée par le sens des mots ? Ou simplement une femme qui n'appréciait pas d'être insultée et dédaignée. Tout lui paraissait plus plausible que la profession de mannequin.

Elle remarqua qu'un muscle de la mâchoire volontaire de son compagnon avait tressailli et elle en conclut que son coup avait porté. Parfait.

— Tu as raison, dit-il d'un ton sec qui montrait qu'il n'était pas à l'aise. Je n'aurais jamais qualifié aucune des femmes avec qui je suis sorti de maîtresse. Mes mots ont dépassé ma pensée, sans doute à cause de ce qui s'est passé entre nous.

Son instinct lui soufflait qu'elle n'avait pas envie de connaître les détails de leur histoire, mais il fallait bien en passer par là.

— Je t'écoute...

— Quand nous nous sommes installés ensemble, nous savions que notre relation ne déboucherait sur rien de sérieux. Ça t'arrangeait de vivre dans le luxe grâce à moi plutôt que de travailler, ce qui te différenciait de mes amantes précédentes.

L'estomac d'Ally se noua. Chaque nouvel aspect qu'elle découvrait de son passé lui faisait davantage souhaiter que tout ceci ne soit qu'un mauvais rêve. Mais si elle ne se voyait pas en femme entretenue, elle n'imaginait pas plus Angelo en homme ayant besoin de payer pour obtenir les faveurs d'une dame. Et pour cause ! Il était sublime, dangereux et ténébreux. Il devait attirer les femmes comme la lumière attirait les phalènes. Jusqu'à ce qu'elles s'aperçoivent que cette façade magnifique cachait un cœur de pierre.

— Et pourtant, nous nous sommes mariés, reprit-elle. Ça doit signifier qu'à un moment nous étions amoureux, non ?

— L'amour n'avait rien à voir là-dedans. Tu m'as épousé pour mon argent.

Ces paroles, le ton cassant sur lequel il les avait prononcées, retentirent comme une gifle.

L'antipathie qu'elle lisait dans son regard fut telle une révélation, et elle comprit enfin pourquoi il ne voulait pas d'elle ici. Pourquoi il était tellement désagréable et pourquoi sa gouvernante ne souriait jamais. Ils la considéraient comme une profiteuse.

Tiraillée entre l'incrédulité et un besoin absurde de s'excuser, Ally n'arrivait pas à croire qu'elle était cette femme. Devait-elle prendre pour argent comptant le portrait à charge que faisait d'elle Angelo ? Il fallait être deux pour briser un mariage et comme toutes les histoires, la leur devait avoir deux versions. Elle avait entendu celle d'Angelo. Malheureusement, elle ignorait la sienne.

— Pourquoi m'avoir épousée si tu pensais que j'étais cupide ?

À sa surprise, son ex-mari se leva d'un bond. *Son ex-mari…* Elle n'arrivait vraiment pas à s'y faire. Il se planta devant la fenêtre et, lui tournant le dos, il glissa les mains dans les poches de son jean. Elle ne put s'empêcher d'admirer ses fesses musclées et soudain, l'idée d'avoir partagé l'intimité de cet homme ne lui sembla plus du tout extravagante. Son corps athlétique parfait lui mettait littéralement l'eau à la bouche.

— C'était une erreur que j'ai immédiatement regrettée, répondit-il finalement.

Vu la tournure que prenaient ces révélations, elle n'était plus sûre à présent de vouloir connaître toute cette histoire qui ne s'était apparemment pas terminée à l'amiable. Elle aspirait à des souvenirs positifs. Elle aurait préféré entendre évoquer une qualité qu'elle possédait et à laquelle elle pourrait se raccrocher pour tenter de reconstruire son passé. De toute évidence, ce n'est pas ici qu'elle l'obtiendrait. Selon Angelo Ricci, elle n'était bonne qu'à faire l'amour et à dépenser l'argent ! Si elle avait satisfait cet homme – qui débordait de magnétisme animal – sur le plan sexuel au point qu'il l'avait épousée, elle devait être douée sur cet aspect-là. Malheureusement, ce n'était pas ce genre de qualité qu'elle voulait s'entendre attribuer !

Elle avait désespérément besoin de croire que, quelque part dans le vaste monde, elle avait des amis et une famille qui l'appréciaient, à qui elle manquait et qui s'inquiétaient de ne pas avoir de ses nouvelles. Était-ce un aveu de faiblesse de souhaiter que quelqu'un l'aime ? Qu'elle ne soit pas l'opportuniste sans cœur qu'il lui avait décrite ?

Le lendemain, Angelo profita d'une accalmie pour prendre l'air. Être enfermé avec son ex-femme dans la même maison lui donnait l'impression d'être prisonnier. Et pourtant, c'était à elle qu'il pensait tandis qu'il arpentait le rivage, arc-bouté contre le vent déchaîné, en proie à un mélange inconfortable de suspicion, de fascination, de doute et de culpabilité.

La suspicion parce qu'il connaissait trop bien Alexa. Il aurait été fou de croire qu'elle avait échoué par hasard sur sa plage privée.

La fascination… Ça, c'était plus inattendu et en complète contradiction avec la haine qu'il lui avait vouée pendant des années. Chaque fois qu'il était avec elle, il ne pouvait s'empêcher d'admirer sa détermination, son esprit et son courage. Et, plus inquiétant, la courbe de ses lèvres quand elle souriait de façon impromptue, ou le son de sa voix qui n'était pas exactement celle dont il se souvenait. Quant à la réaction de son corps à ses formes féminines… Il préférait ne pas y penser.

Le doute car, quel qu'ait été le plan initial d'Alexa, elle semblait réellement avoir perdu la mémoire. La rougeur qui avait coloré ses joues quand elle avait réalisé qu'ils avaient été amants ne pouvait pas être de la comédie. Ses pupilles s'étaient dilatées, assombrissant son iris. Il l'avait vue se crisper et, malgré lui, il avait eu pitié d'elle. Rien ne pouvait le convaincre de lui faire de nouveau confiance, mais si elle souffrait vraiment d'amnésie, alors il s'était montré inutilement dur avec elle.

D'où son sentiment de culpabilité. Il s'était laissé aveugler par les émotions négatives que le retour d'Alexa avait éveillées en lui, ravivant des souvenirs pénibles, notamment la facilité avec laquelle elle l'avait berné. L'échec de leur mariage, dont la faute lui incombait autant qu'à elle.

Il avait la réputation d'être un homme intelligent, de voir clair dans des situations complexes. Ces qualités l'avaient aidé à transformer la banque familiale en un groupe d'envergure internationale. Elles lui avaient aussi permis de prendre sous son aile sa mère et sa sœur quand il avait été prématurément propulsé à la tête de la famille, mais elles ne l'avaient pas empêché de se faire duper par Alexa de façon spectaculaire. Avec des conséquences terribles pour les gens qu'il aimait.

Perdu dans ses réflexions pleines d'amertume, il n'avait pas remarqué qu'il était arrivé au bout de la plage. Il grimpa sur les rochers pour regarder la mer. Même par ce temps, la vue était magnifique ; c'était son petit coin de paradis personnel.

Au moment où il s'apprêtait à repartir, il vit un objet coincé dans une crevasse. Il se baissa et tira la longue pagaie jaune et vert d'un paddle, ornée du logo d'un magasin de location situé sur le continent. La lame était brisée et le manche fissuré.

Il repensa à l'après-midi de l'avant-veille. Au hors-bord qui avait longé le rivage à une trop grande vitesse. Si Alexa approchait de la plage à ce moment-là, il était possible que les remous causés par le passage de l'embarcation aient fait chavirer son paddle et qu'en perdant l'équilibre, sa tête ait heurté les rochers qui affleuraient à cet endroit.

Il passa une demi-heure à ratisser le sable et les rochers à la recherche des restes d'un paddle, mais la tempête se levait de nouveau et il quitta les lieux en emportant la pagaie.

Dix minutes plus tard, il s'entretenait par téléphone avec le propriétaire du magasin de location. Celui-ci lui confirma qu'un paddle manquait à l'appel. Il avait signalé la disparition d'une touriste, mais les services d'urgence étaient trop débordés par les dégâts causés par la tempête sur la côte pour lancer des recherches. Non, la femme n'avait pas laissé de nom. Le loueur certifia qu'elle était jeune et à son ton, Angelo comprit qu'elle était jolie. Elle avait loué un casier pour y mettre ses affaires pendant qu'elle était en mer, mais son contenu n'avait révélé aucune information utile. Il l'avait ouvert pour chercher des renseignements sur son identité quand elle n'était pas réapparue. Mais il n'avait trouvé qu'un sac avec de l'eau, des vêtements de rechange, de la crème solaire et un peu d'espèces. Pas de carte de crédit ou de passeport. Même pas une clé de chambre d'hôtel. Rien qui indiquait comment elle s'appelait ni où elle logeait.

Comme si elle ne voulait pas être identifiée.

Cette pensée prit forme alors que son interlocuteur s'étonnait qu'elle voyage aussi léger. Pour Angelo, qui savait de quoi Alexa était capable, cela confirma ses soupçons. Amnésique ou pas, son ex ne préparait rien de bon.

— Alexa ?

Sans réponse au premier coup frappé à la porte de la suite, il toqua de nouveau. Sans plus de succès. Il savait pourtant qu'elle ne dormait pas, car il avait vu Rosetta parler avec elle près de la fenêtre quelques minutes auparavant. Soudain inquiet de son silence, il décida d'entrer. À l'instant où il franchissait le seuil de la chambre, la porte de la salle de bains s'ouvrit et Alexa apparut, les cheveux mouillés peignés en arrière, les pieds nus et le corps recouvert jusqu'aux genoux par un peignoir blanc.

Un souffle d'air parfumé la précéda dans la pièce. Les narines d'Angelo frémirent quand l'odeur entêtante de bergamote les chatouilla.

— C'est toi ! s'exclama-t-elle, visiblement surprise.

Il se retint in extremis de lui expliquer qu'il avait cru qu'elle avait fait un malaise quand il n'avait pas obtenu de réponse. Mieux valait qu'elle ne sache pas qu'il se faisait du souci pour elle. C'était le genre d'information qu'elle utiliserait à son avantage.

— Il faut que nous parlions.

Elle passa la main sur ses cheveux humides en un geste qui aurait pu trahir sa nervosité, mais que démentaient son regard brillant et son menton relevé en signe de défi.

— À moins que tu aies mal, ou que tu aies besoin de te reposer ?

— Je vais bien.

Elle entra dans la chambre et Angelo dut en convenir. Elle avait effectivement l'air d'aller parfaitement bien. Même empaquetée dans cet épais tissu-éponge, Alexa lui paraissait plus sexy qu'autrefois en bikini ou en sous-vêtements coquins.

Il réalisa alors que cette jeune femme à la beauté naturelle, et éclatante de santé, l'attirait davantage que la version plus sophistiquée qu'il avait connue. Alexa était toujours apprêtée, préparée pour l'adulation masculine. Au début, le fait qu'elle se montrait constamment sous son meilleur jour lui avait plu. Jusqu'à ce qu'il comprenne qu'elle était obsédée par son apparence et que la jolie façade masquait une réalité moins reluisante. Elle brandissait sa beauté comme une arme qui lui permettait d'obtenir ce qu'elle voulait, quel qu'en soit le prix. Quel contraste avec la femme qui se tenait devant lui, avec ses cils encore humides et des gouttelettes qui perlaient le long de ses joues au rose délicat. De toute évidence, elle émergeait d'une douche bouillante.

Immédiatement, il l'imagina nue, l'eau éclaboussant ce corps voluptueux dont il avait aperçu quelques centimètres de chair sous ses chemises au cours des deux derniers jours. Se souvenant qu'il était venu ici pour avoir une conversation sérieuse, il s'arracha à cette vision troublante.

— J'ai du nouveau sur la façon dont tu es arrivée ici, annonça-t-il. Tu préfères peut-être t'asseoir, ajouta-t-il en désignant les fauteuils près de la fenêtre.

— Je préfère que tu me dises ce que tu as à me dire, puis que tu t'en ailles, dit-elle d'un ton sec.

Ses yeux scintillaient d'une lueur belliqueuse. C'était curieux. Autrefois, Alexa prenait toujours soin de cacher ses émotions.

Si Ally espérait que ces nouvelles l'aideraient à recouvrer la mémoire, elle avait aussi appris à redouter les révélations embarrassantes. D'autant qu'Angelo prenait un plaisir évident à les lui annoncer sans ménagement. Mais après deux jours passés à dormir, elle avait retrouvé des forces et elle était résolue à ne pas se laisser tourmenter par cet homme qui ne dissimulait pas l'aversion qu'elle lui inspirait.

Elle devait cependant reconnaître que son assurance avait vacillé quand elle l'avait découvert dans sa chambre en sortant de la salle de bains. Le regard d'Angelo avait accroché le sien et l'étincelle fiévreuse qu'elle y avait surprise avait fait naître une sensation de chaleur fulgurante dans le creux de ses cuisses. Elle supposa que c'était du désir.

Comment pouvait-elle éprouver de l'attirance pour un homme qui la méprisait ? N'avait-elle donc aucune fierté ? Repensant au portrait qu'il avait dressé d'elle, elle commençait à se dire qu'il était peut-être ressemblant.

— J'ai retrouvé une pagaie de paddle dans les rochers

près de la plage. Tu es arrivée par la mer. Cela représente une distance considérable, mais pour quelqu'un de sportif, c'est réalisable.

— OK. Si c'est vrai, alors je devais bien loger quelque part. Il suffit de chercher…

— C'est fait. J'ai retrouvé le type qui a loué un paddle à une femme correspondant à ta description. Il avait déjà signalé ta disparition aux autorités.

— Ils t'ont dit où je suis descendue ?

Pour la première fois depuis qu'elle s'était réveillée après l'accident, elle eut la certitude que la mémoire allait lui revenir. Dès qu'elle aurait retrouvé ses affaires, ce ne serait plus qu'une question de temps. Pour calmer l'agitation qui l'avait gagnée, elle fit quelques pas. Quand un parfum délicieusement masculin lui chatouilla les narines, elle s'arrêta brusquement. Grisée par ce mélange où elle percevait une odeur de peau tiède, elle voulut se persuader que son vertige n'était pas la réaction d'une femme normalement constituée face à un homme terriblement sexy, mais la résurgence de sa véritable identité.

En effet, elle distinguait parfaitement les différentes fragrances qui composaient ce parfum, les effluves citronnés, poivrés et une pointe de bois de santal. Peut-être était-elle parfumeuse ? Ou vendeuse dans une parfumerie ? L'excitation la gagna.

— C'est justement là que ça devient intéressant, Alexa. Personne d'autre que le loueur n'a signalé la disparition d'une touriste. À part qu'il commence par un A, ton nom sur le registre des locations est illisible. Dans le casier où tu avais entreposé tes affaires, il n'y avait rien qui permette de t'identifier, pas de clé d'hôtel, rien…

— Ally. Je t'ai dit que je n'aimais pas qu'on m'appelle Alexa.

Et c'était probablement pour cela qu'il continuait à la nommer ainsi…

— C'est comme si tu avais soigneusement évité de laisser des traces en prévision d'un coup que tu préparais.

— C'est un peu tiré par les cheveux, tu ne trouves pas ?

— Rien ne peut me surprendre, répondit-il avec fatalisme.

« De ta part ». Il ne prononça pas ces mots, mais ce n'était pas nécessaire. Ce fut le sarcasme de trop. Après son dédain, la façon dont il distillait des bribes de son passé, comme s'il lui faisait l'aumône, la froideur de la gouvernante, ajouté à l'angoisse de ne jamais retrouver la mémoire, c'en fut trop pour elle. Décidée à lui dire son fait, elle franchit la faible distance qui les séparait.

— Tu es incroyable ! Pourquoi refuses-tu d'admettre que je suis la *victime* ici ?

Emportée par l'indignation, elle avait frappé des deux poings contre le torse de son compagnon. Il ne bougea pas d'un pouce, mais il écarquilla les yeux, visiblement désarçonné par cet accès de violence. Elle poussa de nouveau contre ce torse musclé, comme si elle avait pu le faire trébucher, ou lui faire subir un peu de la souffrance qu'elle-même avait ressentie. Elle ignorait ce qu'elle voulait précisément, mais laisser libre cours à ses émotions lui procurait une glorieuse sensation de toute-puissance.

— Il n'y avait pas de carte de crédit dans le casier. Et alors ? Ce n'est pas un crime. Ni la preuve d'un complot. Es-tu à ce point obsédé par ton importance que tu penses que le monde entier tourne autour de toi ? Que tu étais la seule raison qui ait pu me conduire à visiter cette région ?

C'était comme si un mauvais génie l'encourageait. Pour la première fois depuis qu'elle avait repris connaissance sur l'île, elle se sentait vivante et pleine de certitudes.

— Je pourrais tout à fait avoir loué une maison. Peut-être que je suis venue pour le soleil, la mer, le repos. Je ne pensais peut-être même pas que *tu* pourrais être là. As-tu songé à ça ?

— Impossible.

Pour l'empêcher de continuer à le tambouriner, Angelo,

de ses longs doigts, attrapa les poings d'Ally et les plaqua contre son torse viril.

— Pourquoi est-ce impossible ? demanda-t-elle, troublée de sentir les battements du cœur de son compagnon sous ses paumes.

Une moue ironique étira la bouche d'Angelo et quand il parla, sa voix suave lui donna des frissons.

— À cause de ça.

Puis il inclina la tête vers elle et prit possession de ses lèvres.

5.

Elle aurait pu le repousser, mais elle n'en fit rien. Au fond, elle voulait qu'il l'embrasse. Elle s'en rendit compte à la seconde où ses lèvres masculines s'emparèrent des siennes avec détermination et – elle n'en revenait pas ! – avec douceur.

Alors que la seconde précédente ils étaient à couteaux tirés, ce baiser n'avait rien de brutal et ne recelait aucune volonté de domination. Il était tout simplement… parfait, et elle s'y abandonna sans la moindre arrière-pensée. Qui aurait cru que cette bouche au pli sévère, d'où ne tombaient que des remarques désagréables à son égard, puisse procurer des sensations aussi enivrantes ? Emportée par une vague de sensualité, elle se plaqua contre le corps athlétique d'Angelo et, d'une main fébrile, elle caressa son torse puissant.

Au milieu de son délire sensuel, des questions s'entrechoquaient dans son esprit. Tous les baisers ressemblaient-ils à celui-ci ? Comment aurait-elle pu oublier une sensation pareille ? C'était inimaginable. Si embrasser Angelo était aussi fabuleux, qu'en serait-il de faire l'amour avec lui ? Mais ces interrogations s'évanouirent quand il accentua son étreinte. Elle noua les bras autour de ses épaules masculines et glissa les doigts dans ses cheveux courts dont elle savoura la texture soyeuse. Le gémissement sourd qui s'échappa des lèvres de son compagnon fit se dresser la pointe de ses seins. La découverte que le désir qu'elle éprouvait était partagé lui procura un délicieux sentiment de puissance. Et – plus étonnant – une sensation de plénitude. C'était incroyable, c'était imprévu, et elle aurait voulu que ce baiser ne cesse jamais. Impatiente d'explorer plus avant cette intimité merveilleuse, elle se pressa davantage contre lui et elle sentit son sexe durci contre son ventre.

À cet instant, il la saisit par les épaules et la repoussa, s'arrachant à leur étreinte. Étourdie par les sensations inouïes qui l'avaient submergée, elle mit quelques secondes à comprendre ce qui se passait. Encore pantelante, elle rouvrit les yeux.

Sexy en diable avec ses cheveux en désordre et ses lèvres entrouvertes, Angelo la fixait intensément. Réalisant qu'il n'avait pas l'intention de reprendre leur baiser, elle poussa un soupir de regret. Tout son corps frémissait encore d'un désir inassouvi. Et à son expression hagarde, elle comprit que son compagnon partageait sa frustration.

— Est-ce toujours ainsi ? ne put-elle s'empêcher de demander.

— Ce n'était qu'un baiser, répondit-il sèchement.

Ah bon ? Ce simple baiser l'avait pourtant profondément bouleversée et elle avait du mal à croire qu'il n'en avait pas été de même pour lui. Quand il détourna le regard, elle sut qu'il mentait.

— De quoi as-tu peur, Angelo ?

— Peur ? Moi ?

Elle ne se laissa pas impressionner par son expression dédaigneuse qui n'était pas aussi convaincante que le gémissement de plaisir qu'il avait échappé tantôt, et dont l'écho la troublait encore.

— Oui, toi. Si ce n'était qu'un baiser, pourquoi refuses-tu de répondre ? Ma question n'est pas compliquée.

Pendant quelques instants, ils se dévisagèrent, et Ally retrouva l'osmose qu'ils venaient de partager. La pression des mains masculines sur ses bras s'adoucit et elle sentit qu'il la caressait à travers l'étoffe du peignoir. Mais, comme s'il réalisait soudain ce qu'il faisait, avec une brusquerie qui la prit au dépourvu, il la relâcha et fit un pas en arrière.

Seigneur ! Si leur relation avait toujours été aussi intense, il avait dû leur en coûter énormément pour mettre un terme à leur mariage.

— Je n'aurais jamais dû t'embrasser, reprit-il. C'était une erreur. D'autant que tu sembles accorder une importance démesurée à ce simple baiser…

— Non, ne mens pas ! l'interrompit-elle. Ce n'était pas un simple baiser. Tu l'as avoué toi-même avant de m'embrasser. Tu prétendais que je n'avais pas pu venir ici par hasard, à cause de… de ce qu'il y a entre nous.

— Je parlais au passé, et non au présent. Notre relation est définitivement terminée. Mais tu sembles avoir du mal à l'accepter, ce qui explique pourquoi tu as débarqué ici.

— Je n'ai pas l'impression que c'est fini, répliqua-t-elle en levant le menton, le défiant de prétendre le contraire.

— OK, reconnut-il à contrecœur. J'admets que j'étais curieux après toutes ces années. Mais je n'ai pas envie de répéter l'expérience.

Parce que tu t'y es brûlé les ailes. Parce que la flamme qui existait entre nous est tout sauf éteinte, quoi que tu prétendes.

— Tu ne m'intéresses plus, renchérit-il. Et je ne te désire plus.

Ally se demandait si c'était elle qu'il cherchait à convaincre, ou lui-même. Son regard indéchiffrable et son attitude belliqueuse ressemblaient à une manœuvre destinée à cacher le fait qu'il y a quelques minutes à peine, il la désirait follement. Et ce n'était pas le fruit de son imagination. Angelo avait beau lutter contre ce désir, elle le sentait vibrer entre eux, même maintenant. Mais elle comprit que si elle voulait des réponses, elle devait jouer selon ses règles.

— Peut-être que tu as raison, dit-elle finalement. Mais les émotions qui circulent entre nous sont incroyablement puissantes. Aide-moi à comprendre… Dis-moi ce qui s'est passé, pour qu'à l'avenir je ne commette plus d'erreur d'appréciation.

Angelo soutint le regard d'Ally et quelque chose en lui vacilla. Il avait beau se répéter que ce baiser n'avait été qu'un moment de faiblesse passagère, il ne pouvait nier qu'il mourait d'envie de recommencer, et pire encore, de la posséder complètement. Le plus étonnant était qu'il ne se souvenait pas d'avoir jamais éprouvé un désir aussi puissant pour elle.

Alexa avait été une maîtresse puis une épouse complaisante et facile à satisfaire. Elle ne l'aimait pas, pas plus qu'il ne l'aimait. Il n'était même pas sûr d'en être capable, car il n'avait jamais connu, avec aucune femme, ces sentiments que ses propres parents partageaient. Témoin de leur amour, il avait toujours pensé qu'un jour lui aussi éprouverait la même chose pour quelqu'un. Puis il avait vu comment sa mère avait pratiquement été anéantie par la mort de son mari. Depuis lors, il s'était méfié de cette forme d'attachement. Il ne voulait pas prendre le risque de souffrir s'il venait à perdre l'être chéri.

Le décès de son père avait été un coup terrible pour lui également, mais la promesse qu'il lui avait faite de veiller sur sa mère et sa sœur, et de reprendre le flambeau de la banque familiale, l'avait aidé à surmonter son chagrin. Il s'était lancé à corps perdu dans le travail, se satisfaisant de brèves liaisons où les émotions ne tenaient aucune place. Même si sa vie sentimentale se limitait à des aventures sans lendemain, il se souvenait des histoires romantiques que lui racontait sa mère. Comment, dès qu'elle avait croisé le regard de son père, elle avait su que c'était *lui*. L'homme de sa vie.

Alexa n'était pas la femme de sa vie, elle en était le désastre majeur. L'erreur qu'il n'oublierait jamais. Ce qui venait de se dérouler entre eux ne lui en paraissait que plus bizarre. Il l'avait embrassée sous le coup de la frustration et il s'était retrouvé emporté… Il refusait de recourir à des notions comme le *bonheur* ou le *désir.* Surtout quand il s'agissait d'elle. Il savait néanmoins qu'il passerait une nuit sans sommeil à essayer de comprendre pourquoi, lorsqu'il l'avait étreinte, il avait eu l'impression de vivre une expérience totalement inédite et fascinante. Comme si ce qui existait entre eux dépassait à présent une banale attirance sexuelle.

— Nous nous sommes rencontrés à Rome, à une soirée, commença-t-il. Tu es rentrée avec moi ce soir-là.

Il aurait juré qu'elle avait rougi, mais ce devait être un effet de lumière. Son ex n'était jamais embarrassée pour parler de sexe.

— Et après ?

— Tu es restée. J'étais à Rome pour affaires. Quelques jours plus tard, quand je suis venu ici pour les vacances d'été, tu m'as accompagné.

Tout s'était passé très simplement. Il avait beaucoup de travail à l'époque et il était impatient de prendre un peu de repos. Au début, Alexa était amusante et d'agréable compagnie.

— Et je suis restée ? C'est aussi simple que ça ?

Elle semblait perplexe, comme si l'idée de laisser tomber emploi et amis pour suivre un homme lui paraissait incongrue.

— Oui. Tu adorais cet endroit. La mer, le style de vie décontracté…

Elle avait l'air sincèrement heureuse et, avec le recul, Angelo était persuadé qu'elle ne s'était pas attachée à lui uniquement parce qu'il lui procurait le gîte et le couvert.

Alexa, ou plutôt Ally, comme elle voulait qu'il l'appelle, regarda un bref moment par la fenêtre.

— J'imagine que c'est magnifique par beau temps, dit-elle.

— C'est un endroit unique. Les gens viennent du bout du monde pour voir la côte amalfitaine et Capri.

Par bonheur, très peu d'entre eux connaissaient cette île,

ce qui la préservait du tourisme de masse. La famille de son père avait ses racines dans la région et Angelo chérissait les souvenirs de vacances et d'existence heureuse qu'ils avaient eus ici. Aussi, quand il avait cherché une résidence loin du monde, c'est là qu'il avait jeté son dévolu. C'était la retraite idéale pour qui voulait protéger sa vie privée. Il n'y avait ni hôtels ni chambres chez l'habitant et les gens du cru, qu'ils soient autochtones depuis plusieurs générations ou nouveaux venus fortunés qui avaient pu s'offrir une propriété dans ce cadre exclusif, aimaient leur intimité.

— OK, donc j'aimais cet endroit, dit-elle.

Il lut dans le regard de la jeune femme la question qu'elle n'osait pas poser. L'avait-elle aimé ? Et lui ? Il se raidit. Il devait immédiatement lui ôter ce fantasme de la tête.

— Il n'y avait rien de romantique entre nous, si c'est ce que tu te demandes, Ally.

Il s'interrompit, le temps de goûter la sensation de ce nouveau nom sur ses lèvres. Il était surpris de la facilité avec laquelle il lui était venu.

— Nous n'étions pas amoureux.

Malgré son air dubitatif, elle acquiesça.

— C'était une liaison sans lendemain, c'est ça ?

— Oui. Je ne cherchais pas une compagne pour la vie.

À vingt-neuf ans, il était bien suffisamment occupé par la direction de la banque familiale. Il avait dû travailler comme un forçat pour prouver à tous qu'il était de taille à prendre la succession de son père. Il devait aussi veiller à soutenir le moral de ses proches éplorés, ce qui faisait qu'il n'avait pas beaucoup de temps à consacrer à sa vie sentimentale.

Aujourd'hui, les membres du conseil d'administration qui avaient douté de ses capacités le laissaient tranquille et se contentaient d'encaisser de copieux dividendes.

Ally fronça le nez. Il avait déjà remarqué une ou deux fois cette mimique et il la trouvait… adorable. Elle ne correspondait pas du tout à l'image de sophistication qu'elle donnait autrefois. Sa blessure à la tête avait-elle altéré sa personnalité ? Ou avait-elle changé au cours des cinq dernières années ? Il était curieux de le savoir.

— Pourquoi nous sommes-nous mariés si nous n'étions pas amoureux ? demanda-t-elle.

À l'entendre, on se mariait seulement par amour, ce qui était grotesque quand on pensait à leur histoire.

— Parce que tu m'as apporté la preuve que tu étais enceinte.

Son annonce eut l'effet d'une bombe. Bouche bée, elle le regarda, puis elle pâlit et elle passa machinalement la main sur son ventre. Son geste était-il destiné à le convaincre qu'elle ne se souvenait de rien ?

Encore une fois, il ne sut que penser. Dans l'espoir de masquer son désarroi, il s'éloigna et fit quelques pas. Quand il se retourna pour lui faire face, il vit qu'elle fixait le vide devant elle. Elle avait l'air sidérée. Et désespérée. Il se détourna, détestant l'émotion que l'expression de la jeune femme lui causait.

— Non, tu n'es pas mère, et tu n'as pas perdu l'enfant.

Il réalisa trop tard que ses paroles étaient trop abruptes, mais son instinct lui avait conseillé d'ôter immédiatement tout doute dans l'esprit d'Ally. Lentement, elle tourna la tête vers lui, cherchant son regard.

— Alors, c'était une erreur ? Je n'étais pas enceinte ?

Sa confusion était palpable. De toute évidence, elle avait besoin d'être soutenue. Bon sang ! Et lui qui ne songeait qu'à l'accabler. En proie à un sentiment de culpabilité, il la prit par le bras et l'entraîna vers un fauteuil.

— Viens t'asseoir.

Elle se laissa tomber sur le siège, comme si ses genoux ne la portaient plus.

— Il n'y a jamais eu de bébé, dit-il. Tu étais ici depuis un mois et demi. J'ai dû retourner en ville pour le travail après deux semaines, mais tu n'as pas bougé. Je venais te rejoindre les week-ends. Puis un jour, tu t'es rendue sur le continent pour un rendez-vous médical. Quand tu es revenue, ce soir-là, tu étais secouée, mais excitée aussi. Dieu sait comment, alors que tu prenais la pilule, tu étais tombée enceinte. Tu ne m'avais pas parlé de tes soupçons parce que tu pensais que c'était impossible. Puis tu m'as montré l'échographie, avec ton nom dessus, et une lettre rappelant tes futurs rendez-vous de suivi avec le gynécologue.

« Je n'avais pas prévu de me marier, poursuivit-il d'un ton dont il tenta de chasser l'amertume. Mais j'aime ma famille et j'ai le sens du devoir. Je savais aussi que j'aimerais mon enfant, quelles que soient les circonstances de sa conception. »

Il eut un pincement de regret, car il réalisait maintenant que, traumatisé par son expérience avec Alexa, il n'aurait sans doute jamais d'enfant.

— Nous nous sommes mariés par *devoir* ? demanda-t-elle, visiblement incrédule.

— Où est le problème ? Je me sentais responsable de cet être qui allait venir au monde.

Elle l'observa un long moment en silence, comme si elle le jaugeait. Que voyait-elle en lui ?

— Au point d'épouser une femme que tu n'aimais pas.

— Tu penses que j'aurais dû faire passer mes préférences personnelles avant mes responsabilités en tant que père ?

— De nos jours, il n'est pas primordial que les parents soient mariés. L'histoire que tu me racontes ne ressemble pas à la recette d'un mariage heureux.

Angelo eut un petit rire de dérision. Et encore, elle ne savait pas tout…

— C'est vrai. Pourtant, loin d'avoir des doutes sur le bien-fondé de notre mariage, l'idée te plaisait énormément à l'époque.

L'enthousiasme d'Alexa aurait dû lui mettre la puce à l'oreille, mais il était obsédé par son devoir envers son enfant à naître. Il était déterminé à être un aussi bon père que celui que lui-même avait eu. Même si Alexa et lui ne s'aimaient pas, il était persuadé qu'ils sauraient créer un foyer heureux pour leur progéniture.

— Nous nous sommes mariés rapidement, en privé, mais quelques semaines plus tard, j'ai découvert que tu m'avais menti. Tu n'étais pas enceinte.

— Quoi ?

— Tu avais inventé cette histoire de toutes pièces, jusqu'à falsifier une échographie.

Lui qui se pensait plus intelligent que le commun des mortels, il avait gobé tous les mensonges d'Alexa. Outre la blessure d'amour-propre qu'il avait reçue, il avait éprouvé un réel chagrin pour la perte d'un bébé qui n'avait jamais existé.

La nouvelle avait fortement ébranlé sa confiance en lui. Au stress d'être scruté par un conseil d'administration et des experts financiers impitoyables à qui il devait prouver qu'il était à la hauteur, s'était ajouté le sentiment d'avoir été manipulé par Alexa. Il s'était sérieusement posé des questions sur ses capacités de jugement.

S'arrachant à ses souvenirs humiliants, il constata qu'Ally le dévisageait, abasourdie. Il réalisa qu'il en avait assez. Il devait en finir au plus vite.

— Tu avais prévu de feindre une fausse couche, mais Rosetta a découvert le pot aux roses. Quand je t'ai demandé de t'expliquer, tu as d'abord prétendu que tu m'avais menti parce que tu étais amoureuse de moi et que tu avais peur de me perdre. Mais tu n'as pas été convaincante. Tout ce qui t'intéressait, c'était mon argent, la vie luxueuse que je pouvais t'offrir.

— Peut-être que j'étais amoureuse de toi, rétorqua-t-elle. Peut-être que tu m'as accusée à tort et que tout cela n'était qu'une terrible erreur.

Né et élevé dans une famille aimante, Angelo savait ce qu'était l'amour, même s'il ne l'avait pas connu lui-même. Les sentiments superficiels qu'Alexa et lui partageaient ne méritaient pas ce nom.

Le regard grave d'Ally lui fit souhaiter que les choses aient pu être différentes. Pas parce qu'il pensait qu'elle aurait pu être la femme de sa vie, mais parce qu'il éprouvait soudain le besoin de combler ce vide qu'il sentait en lui depuis si longtemps.

Il était peut-être temps d'apporter des changements dans son existence. De tirer un trait sur les aventures sans lendemain et de rechercher une relation plus satisfaisante. Car, après toutes ces années, il pouvait enfin admettre qu'il aspirait à autre chose. La vérité, qu'il avait toujours niée, était qu'il avait peur de s'engager. Il n'avait pas voulu prendre le risque de vivre le déchirement que sa mère avait connu à la mort de son père. Il refusait l'amour qui rendait vulnérable. Les relations superficielles lui avaient paru la solution la plus sûre.

L'ironie de la situation était que cette résolution l'avait conduit à sa liaison avec Alexa. Par un coup du destin, c'est en voulant éviter une union sérieuse qu'il était tombé dans le piège tendu par une femme qui ne s'intéressait qu'à son compte en banque. Et à cause de son erreur de jugement, les personnes qu'il aimait avaient souffert.

— Ce n'était pas une erreur, dit-il d'un ton bourru. C'était un mensonge délibéré.

— J'essayais peut-être d'attirer ton attention et c'est le seul moyen que j'ai trouvé. Si je t'aimais…

— Arrête !

Il refusait de l'écouter galvauder ce terme.

— Ce n'est pas la peine de réécrire l'histoire. Tu ne m'aimais pas. Tu me l'avais toi-même avoué. En fait, tu semblais ravie d'avoir réussi à me berner.

Le sentiment que sa mésaventure lui avait laissé était que non seulement Alexa ne l'aimait pas, mais qu'elle avait une piètre opinion des hommes en général.

À présent, il voyait ses yeux spectaculaires s'écarquiller. Si elle jouait la comédie, il fallait reconnaître qu'elle était douée.

— Alors nous avons divorcé, poursuivit-il. Nous n'avons pas eu de contact depuis le jour où j'ai découvert la vérité sur toi, et cela me va très bien.

6.

Ally fixait le miroir de la salle de bains dans l'espoir que son reflet lui révèle sa véritable personnalité. Mais tout ce qu'elle vit, c'était une jeune personne désemparée. Si elle était tellement anxieuse de retrouver la mémoire, c'est qu'elle escomptait contre toute probabilité qu'elle n'était pas la femme qu'Angelo lui avait décrite. Les paroles terribles qu'il avait prononcées la veille l'emplissaient encore d'amertume et l'avaient empêchée de dormir une grande partie de la nuit.

Comment pourrait-elle le blâmer de la mépriser alors qu'elle-même n'éprouvait que dégoût en repensant à ce qu'elle avait fait ? Rien – même pas l'amour qu'elle avait peut-être ressenti pour lui – ne justifiait le fait d'avoir inventé une grossesse pour se faire épouser. Comment avait-elle pu accomplir une chose pareille, qui l'horrifiait à présent ? La seule explication qui lui venait à l'esprit était qu'elle avait fondamentalement changé. Mais si ce n'était pas le cas ? Si elle était vraiment cette femme vénale et cynique ?

Elle comprenait mieux maintenant l'attitude fermée de la gouvernante qui savait qu'elle avait menti. Dans ces conditions, c'était même surprenant que Rosetta s'occupe aussi bien d'elle pendant sa convalescence.

Après les révélations d'Angelo, quand elle était descendue pour la première fois prendre son petit déjeuner dans la salle à manger, une heure plus tôt, elle avait dû rassembler tout son courage pour faire face au regard réprobateur de Rosetta.

Mais Gran disait toujours qu'il fallait affronter les conséquences de ses actes tôt ou tard, et que le plus tôt était le mieux…

Cette réminiscence émergeant des méandres de son cerveau sans crier gare la cloua sur place. Elle dut s'appuyer contre le rebord du lavabo pour ne pas vaciller.

Gran ? Pas « mamie » ou « grand-mère ». C'était donc une personne bien précise. Mais quand elle essaya de creuser cette idée, elle se heurta une fois encore à un mur. La pensée que, pour la première fois, elle avait touché du doigt un véritable souvenir l'empêcha de céder au découragement. Elle avait une grand-mère. Et d'après ses maximes, celle-ci avait la tête sur les épaules et elle se souciait d'Ally. C'était toujours plus positif que de s'imaginer en manipulatrice et en menteuse.

Une sorte d'exaltation l'envahit et elle jugea enfin possible de recouvrer la mémoire dans un avenir proche.

Mais pas ici, chez Angelo Ricci, où la désapprobation quasi constante de son hôte n'offrait pas les conditions idéales pour guérir. Ne retrouverait-elle pas plus rapidement la mémoire ailleurs qu'en ce lieu où elle n'était clairement pas la bienvenue ?

Elle se tourna vers la grande fenêtre et scruta le ciel d'azur. La tempête s'était finalement apaisée. Il était temps de partir.

Angelo essayait de se concentrer sur ses mails, mais son esprit ne cessait de le ramener au baiser qu'il avait échangé avec Ally la veille. Et au désir ardent que cet avant-goût avait éveillé en lui. Quelle folie s'était emparée de lui ? Il avait envie de son ex-femme !

Cette femme qui avait trahi sa confiance. Cette femme qu'il pensait détester.

Cette femme qui s'était néanmoins insinuée en lui, défiant toute logique et toute sa détermination à la repousser.

Leur baiser lui avait laissé une incroyable impression de fraîcheur. Miraculeusement, les mensonges passés ne l'avaient pas entaché. Au contraire, il avait eu la sensation d'un nouveau commencement.

Ce matin, il s'était entretenu avec le médecin. Celui-ci maintenait que son amnésie ne pouvait être feinte et qu'Ally avait besoin de repos et de calme.

Au trouble où le plongeait le souvenir de leur baiser, s'ajoutait maintenant un sentiment de culpabilité. Il regrettait de lui avoir révélé sans ménagement les aspects peu reluisants de son histoire. Mais c'était plus fort que lui, car elle avait fait trop de mal à sa famille. C'est cela qu'il ne pouvait pas lui pardonner.

La mère d'Angelo avait été aux anges à la perspective d'un *bambino*. Pour la première fois depuis la mort de son mari, elle avait repris goût à la vie et elle s'était focalisée sur l'avenir et non plus sur le passé. Quand la sordide vérité avait éclaté, elle s'était refermée sur elle-même.

Quant à sa sœur, l'expérience l'avait rendue méfiante au point de friser la paranoïa. Giulia était une jeune femme merveilleuse, vive et très sociable, mais désormais, elle redoutait de tomber dans le même piège que son frère, voyant en tout soupirant un coureur de dot. Il craignait qu'elle finisse en recluse.

Les dommages collatéraux de sa mésaventure avec Alexa avaient été désastreux et il s'en voulait terriblement.

Mais en dépit des souvenirs pénibles et des soupçons, il était irrésistiblement attiré par elle, et pas seulement sur le plan sexuel. Il était tiraillé entre la volonté de la voir partir pour toujours et le besoin de la protéger, ou de lui arracher un sourire. Exaspéré par ses aspirations contradictoires, il passa nerveusement la main dans ses cheveux. Quand il releva la tête, il s'aperçut qu'il n'était pas seul. Ally se tenait, hésitante, dans l'embrasure de la porte ouverte de son bureau.

Comme la veille, elle portait ce peignoir blanc informe

et, comme la veille, il n'eut aucun mal à l'imaginer nue en dessous. Vivement que Rosetta revienne, car il ne résisterait pas un jour de plus à la voir déambuler à moitié déshabillée ! La gouvernante avait profité du retour du beau temps pour aller sur le continent acheter des vêtements à Ally.

— Tu dois être occupé, mais je n'en ai pas pour longtemps, dit-elle après l'avoir salué.

Ally paraissait parfaitement posée ce matin, et il s'efforça d'afficher le même détachement qu'elle, masquant les émotions perturbantes et inouïes qui se bousculaient en lui.

— Je voudrais partir, annonça-t-elle sans ambages.

Il s'attendait à tout sauf à ça. L'étonnement le rendit un instant muet.

— Maintenant que le temps s'est amélioré, je peux retourner sur le continent, n'est-ce pas ? ajouta-t-elle.

— Tu sais où tu veux aller ? demanda-t-il quand il eut retrouvé l'usage de la parole.

— Non. Mais j'ai pensé que… tu n'avais pas envie de me voir ici, et je te comprends, après ce que tu m'as raconté.

Elle s'éclaircit la gorge, sans doute parce qu'elle s'était aperçue que sa voix tremblait légèrement.

— J'aimerais croire que j'avais de bonnes raisons pour agir comme je l'ai fait, reprit-elle. Que mes motivations n'étaient pas celles que tu penses. Mais je n'en sais rien. Ma seule certitude est que je déteste ce que tu m'as appris sur moi et que cela me met mal à l'aise de rester ici.

Une sensation désagréable étreignit Angelo. La honte.

Il ne lui faisait pas confiance et tout ce qu'il lui avait dit était vrai, mais cela n'ôtait rien au fait qu'elle était convalescente et qu'elle avait encore besoin qu'on s'occupe d'elle. Où étaient passés sa bienveillance, son sens moral ? Décidément, il ne s'était guère montré à la hauteur de l'héritage paternel.

— Je suis désolé que tu te sentes mal à l'aise, mais je pense que tu ne te rends pas compte des dégâts causés par la tempête. Les villes de la côte ont été touchées. Tout le monde héberge déjà des voisins dont les maisons ont été endommagées, il ne reste donc plus aucune chambre libre.

— Je vois…

Elle se tourna pour regarder par la fenêtre en plissant le nez. Il savait maintenant que ce mouvement si typique était le signe d'une réflexion intense.

— Écoute, Ally…

Ce nouveau prénom lui venait de plus en plus facilement. Peut-être parce qu'il éveillait moins les souvenirs désagréables liés à Alexa… Ally n'avait pas la même connotation négative.

— Sache que tu es la bienvenue ici.

— Bienvenue ? répéta-t-elle, surprise.

— Oui, répondit-il en soutenant son regard. Il y a toute la place qu'il faut et en dépit de ce qui s'est passé entre nous, tu es en sécurité. De plus, je pense que c'est mieux que ce soit le même médecin qui continue à te suivre. Je reconnais que j'ai mal réagi quand tu es arrivée. Mais le passé est le passé, j'ai fini par le réaliser. Peut-être que tu m'as rendu service.

Il avait compris que la haine qu'il avait entretenue pendant toutes ces années était malsaine. Sa déconvenue avait fini par le rendre suspicieux et prompt à juger son prochain. Le temps était venu de cultiver son côté généreux.

— Quand tu seras complètement rétablie, tu pourras aller où tu veux.

Elle le dévisageait comme si elle le voyait pour la première fois et Angelo dut reconnaître que son revirement était radical. Mais il avait une obligation envers elle. Il devait s'en occuper jusqu'à ce qu'elle soit en état de reprendre le cours normal de sa vie. La fustiger pour ses actions passées ne servait à rien.

— Et si je ne retrouve pas la mémoire ? demanda-t-elle d'une voix hésitante.

Voyant la pointe de panique qui traversa furtivement son regard, Angelo se leva, contourna le bureau et s'arrêta devant elle.

— Selon le médecin, c'est hautement improbable, dit-il. Il pense que le meilleur moyen pour que tu retrouves la mémoire est de te reposer et d'éviter tout stress. Je te promets que je serai un hôte plus agréable et…

Il était un homme fier, mais il avait été élevé avec une grande rigueur morale et tyranniser les gens n'était pas dans sa nature.

— Je me suis mal comporté, admit-il et cela me navre. Laisse-moi me racheter. Que dirais-tu d'une trêve ? J'essaierai de mettre le passé de côté et toi, tu essaieras de ne pas t'inquiéter à propos de l'avenir. Voyons où ça nous mènera.

Elle lui lança un regard soupçonneux.

— Pourquoi ferais-tu une chose pareille ?

— Parce que l'homme que je suis devenu à force de ressasser le passé ne me plaît pas.

Son aveu le surprit lui-même, mais il constata que cette réponse la satisfaisait, car elle se détendit.

— Moi, c'est la femme que j'étais dans le passé que je n'aime pas.

Angelo la scruta attentivement. Il se demandait si elle était sincère, ou si c'était une manœuvre pour endormir sa méfiance. Mais il se rendit compte que s'il mettait en doute tout ce qu'elle disait ou faisait, il deviendrait fou. De toute façon, quel mal pouvait-elle lui causer ? Une personne avertie en valant deux, il était impossible qu'elle l'embobine une seconde fois.

— Dans ce cas, nous pourrions nous concentrer sur le présent, qu'en penses-tu ? Et si la mémoire ne te revient toujours pas d'ici une semaine à dix jours, nous aviserons.

Elle soupesa longuement les paroles d'Angelo et quand, finalement, elle acquiesça, il eut la surprise de ressentir du soulagement.

— Marché conclu, dit-elle en s'avançant vers lui, la main tendue.

Il serra sa main, surpris par sa poigne résolue et intrigué par ce geste car, autrefois, elle préférait les baisers sur la joue.

— Marché conclu, répondit-il.

En serrant la main d'Angelo, Ally eut l'impression – pour une fois – qu'elle était maîtresse de son destin.

— Parfait, dit-elle. Je ferai de mon mieux pour ne pas être dans tes pattes.

Elle était fière d'avoir réussi à parler d'un ton calme, alors qu'elle était en proie à une certaine fébrilité. En effet, elle s'était sentie indéniablement dans son élément quand elle avait serré la main d'Angelo. Exerçait-elle une profession qui exigeait d'être souvent en contact avec le public ? Était-elle enseignante ? Avocate ? Journaliste ? Toutefois, aussi à l'aise soit-elle, les fourmillements qui lui parcouraient les doigts prouvaient que cet homme avait toujours le pouvoir de la troubler.

Mais elle se promit qu'il n'y aurait plus de baisers. Elle ne se laisserait plus emporter par la passion, même si elle mourait d'envie de ressentir de nouveau cette sensation délicieusement enivrante. Elle allait suivre son conseil et se focaliser sur le présent.

— Une dernière chose… Je suis désolé de t'avoir perturbée quand je t'ai dit ce qui s'était passé entre nous. J'aurais dû prendre des gants. Évoquer le passé a fait remonter beaucoup de choses que j'avais enterrées. Cela ne se reproduira plus.

Ally songea que cet aveu le rendait plus humain. Plus séduisant. Trop séduisant. Comme si elle avait besoin de ça ! Ses excuses semblaient sincères et il paraissait admettre qu'elle n'était pas la seule à s'être mal comportée.

— Merci, Angelo.

Elle ne l'avait pas quitté du regard et avait l'impression de contempler un autre homme. Il n'était plus aussi dur ni maussade. Par une association d'idées, elle se demanda comment il était quand ils s'étaient rencontrés. Certainement pas aussi renfrogné. Était-il charmeur ? Séducteur ? Il devait être doué pour faire perdre la tête à une femme avec sa voix grave qui vous effleurait comme une caresse. Était-elle tombée amoureuse de lui ?

Cela expliquerait l'attirance irrésistible qu'il exerçait encore aujourd'hui sur elle, malgré la honte que ses révélations avaient provoquée.

L'arrivée de Rosetta coupa net les réflexions d'Angelo. Elle dut trouver qu'Ally et lui étaient trop proches l'un de l'autre, car elle la gratifia d'un regard sombre, avant de s'adresser à lui en italien.

— Excellent, répondit celui-ci. Montrez-nous donc ce que vous avez trouvé.

Le visage fermé, la gouvernante s'approcha d'elle et lui tendit deux grands sacs de courses.

— Rosetta est allée sur le continent pour t'acheter quelques vêtements.

Cela devenait effectivement urgent. Échouée sur l'île avec seulement un T-shirt et un bikini, elle ne pouvait pas éternellement porter ce peignoir et les chemises d'homme qu'elle mettait pour dormir.

— Merci beaucoup, Rosetta. C'est vraiment très gentil.

La surprise éclaira brièvement le visage renfrogné de la gouvernante.

— Je vous en prie, marmonna-t-elle, avant d'ajouter plus distinctement : vous aviez besoin de vêtements décents et les miens ne sont pas à votre taille.

Au mot « décent », Ally rougit, consciente que les pans du peignoir s'étaient légèrement écartés tandis qu'elle se penchait pour saisir les sacs.

— Tu ne veux pas t'assurer qu'ils te vont ? demanda Angelo. Rosetta a pris ton maillot de bain pour la taille, mais...

— Bien sûr.

Sentant leurs regards braqués sur elle, elle n'était pas

très à l'aise quand elle plongea la main dans l'un des sacs. Elle en ressortit un soutien-gorge transparent et un string de dentelle noire. Elle les remit précipitamment dans leur emballage. Elle n'allait pas plaquer ces… choses contre elle pour voir si la taille était correcte. C'était intéressant, cependant, que ce choix de sous-vêtements la déconcerte. À quoi s'attendait-elle ? À du coton, à des dessous confortables et simples ? Pourquoi, si ce n'était pas son style ?

Écartant cette idée, elle plongea la main dans l'autre sac et en retira une robe à fines bretelles, à l'imprimé floral rose sur fond lavande. La cotonnade fluide avait un tombé délicieux.

— Oh ! s'exclama-t-elle, ravie, en tenant la robe contre elle. Comme c'est joli ! Merci, Rosetta. Je l'adore.

Quand elle releva la tête, elle eut la surprise de rencontrer deux paires d'yeux qui la fixaient, visiblement, Angelo et Rosetta étaient stupéfaits. Qu'avait-elle dit ? Faisant fi de ce mystère, Ally sourit à la gouvernante.

— Je suis sûre qu'elle m'ira parfaitement, dit-elle. Et si j'ai besoin de l'ajuster, je vous demanderai du fil et une aiguille.

— Bien sûr, acquiesça Rosetta en hochant lentement la tête.

Ally choisit d'ignorer le regard bizarre dont la gouvernante la couvait toujours et elle se pencha pour explorer le reste du contenu du sac. Elle en sortit d'autres vêtements, de couleurs plus sages, mais aux coupes impeccables. Ils étaient chics, mais lui parurent un peu trop « habillés » pour la maison.

— Merci, dit-elle en incluant Angelo dans ses remerciements, cette fois-ci. Vous n'oublierez pas de me donner la facture, s'il vous plaît, pour que je puisse vous rembourser.

Rosetta laissa échapper une exclamation étouffée, puis elle dit quelque chose en italien et, sur un hochement de tête d'Angelo, elle quitta la pièce.

— Je l'ai vexée ? demanda Ally.

— Non, tout va bien.

Mais son ton et son expression perplexe disaient tout le contraire. Ally reposa les vêtements.

— Je t'en prie, Angelo, c'est toi-même qui as instauré une trêve. Alors dis-moi quel est le problème.

Il écarta les mains dans un geste fataliste qui lui était coutumier.

— Il n'y a pas de problème. Rosetta et moi avons été surpris, c'est tout. D'abord, tu as eu l'air mal à l'aise avec la lingerie. Alors que par le passé, tu te promenais dans la maison simplement vêtue comme ça.

Ally cligna des yeux, estomaquée. Elle avait du mal à croire qu'elle possédait des penchants exhibitionnistes.

— Ensuite, poursuivit-il, la robe sur laquelle tu t'es extasiée ne portait pas la marque d'un couturier.

— Laisse-moi deviner. Je ne portais que des vêtements hors de prix ?

— C'est ce que tu préférais, dit-il. Et tu détestais les motifs fleuris. Ton goût en matière de vêtements était plus… théâtral.

Apparemment, ses goûts avaient changé en cinq ans.

— Et c'est tout ? reprit-elle. Non, laisse-moi deviner encore. Vous avez été choqués parce que j'ai dit que j'avais l'intention de payer les vêtements…

Il hocha la tête en signe d'acquiescement.

— Oui. Ça et le fait que tu aies parlé d'y apporter des retouches. Tu n'étais pas réputée pour tes talents de couturière.

Une bouffée de chaleur l'envahit à la pensée des talents pour lesquels elle était réputée. D'après ce qu'elle en savait, elle était douée pour paresser toute la journée au bord de la piscine et pour le sexe. Elle redressa le menton en un geste de défi.

— C'était il y a longtemps. De toute évidence, j'ai changé.

Pendant quelques secondes, il ne dit rien. Puis il inclina la tête et elle eut l'impression d'avoir remporté une victoire, comme si la trêve qu'ils avaient conclue était réelle.

— De toute évidence, oui, concéda-t-il.

Il désigna un autre objet que Rosetta avait apporté. C'était un petit sac à dos rebrodé de marguerites.

— Il y a aussi ça, ajouta-t-il. Les affaires que tu avais laissées dans le casier chez le loueur de paddles.

Instantanément, les vêtements et les changements de personnalité passèrent au second plan et Ally se précipita sur le sac. Enfin un objet qui la reliait à son identité et qui ne venait pas d'Angelo. Elle le trouva léger. Trop léger, s'il devait contenir tous ses biens terrestres. L'optimisme qui l'avait portée quelques instants plus tôt retomba. Ce n'était certainement pas ce sac qui l'aiderait à retrouver la mémoire.

Son désarroi devait se voir, car Angelo la prit par le bras et la fit s'asseoir dans un fauteuil confortable. Quand il parla, elle crut percevoir de l'inquiétude dans son expression.

— Ally ? Ça va aller, je te le promets. Veux-tu que je l'ouvre ?

Son ton apaisant et sa douceur inattendue faillirent l'achever. Elle pouvait se défendre face à son hostilité, ou sa désapprobation, mais sa gentillesse la désarmait…

— Non, merci, répondit-elle. Je vais y arriver.

Les mains tremblantes, elle ouvrit le sac et en inspecta le contenu. Un jean, des chaussures de sport, un T-shirt bleu marqué « Roma », un soutien-gorge et une culotte couleur chair. Un peigne, du baume pour les lèvres, une bouteille d'eau, de la crème solaire et des euros. Ne connaissant pas le cours de la monnaie, elle ignorait si c'était une somme importante ou pas.

Rien qui ne révèle son identité. Pire, rien qui ne lui soit familier. Découragée, elle laissa retomber ses mains sur ses genoux.

— Tout ça ne me rappelle rien, murmura-t-elle.

Soudain, Angelo fut là. Il s'accroupit devant elle et prit ses mains tremblantes dans les siennes.

— C'est encore trop tôt. Tu as besoin de temps, dit-il. Ally, tu m'entends ?

Elle leva les yeux et quand elle vit son regard sombre

luisant de sympathie, le poids qui l'étouffait disparut et elle put enfin respirer librement.

— Bien sûr... Bientôt, je me souviendrai de tout. Et je pourrai rentrer chez moi.

Chez moi ! Ces mots résonnaient merveilleusement à ses oreilles ! Elle priait de tout son cœur pour qu'elle se souvienne enfin où ce « chez moi » se trouvait.

Et pour qu'elle survive à la cohabitation avec Angelo Ricci en attendant.

7.

Ally enfonça sur sa tête le chapeau qu'Enzo, le jardinier, lui avait gentiment donné pour se protéger du soleil et elle lui présenta son profil comme si elle posait avec un modèle de haute couture et non un vieux couvre-chef de paille. Enzo éclata de rire et elle sourit. C'était le son le plus joyeux qu'elle ait entendu depuis quatre jours.

— Le chapeau n'est plus tout neuf, mais il fera l'affaire. Merci, Enzo. *Grazie*.

C'était l'un des deux mots d'italien qu'elle maîtrisait. L'autre étant *per favore*, qui voulait dire s'il vous plaît. Elle ne comprit pas la réponse de son compagnon, mais cela lui était égal. Cela faisait une heure qu'elle l'aidait dans le jardin et ils s'étaient très bien débrouillés pour communiquer par gestes.

Ally ne cessait de s'émerveiller. Chaque recoin lui réservait des surprises plus enchanteresses les unes que les autres et elle s'arrêtait toutes les cinq minutes pour s'extasier devant une nouvelle découverte. Malheureusement, ce cadre magnifique n'évoquait rien de familier, bien qu'elle y ait vécu quelques mois, cinq ans auparavant.

N'aurait-elle pas dû se souvenir de l'élégante tonnelle de glycine où elle avait trouvé Enzo en train de ratisser les feuilles arrachées par la tempête ? Et de la roseraie vibrant du doux bourdonnement des abeilles ? Ou du bassin, avec sa délicieuse statue de marbre ?

L'admiration qu'elle montrait pour les lieux était sans doute la raison pour laquelle Enzo l'avait autorisée à lui donner un coup de main.

Enfilant d'épais gants de jardinage qu'il lui avait aussi fournis, elle entreprit de ramasser des branches coupées de bougainvillées et de les déposer dans la brouette. Tout ici était vibrant d'intensité : la lumière, la chaleur, le rouge vif des géraniums et le blanc éclatant de la balustrade qui se détachait sur l'azur de la mer. C'était tellement différent. Tellement…

Voilà que ce phénomène curieux se reproduisait… Cette sensation de ne pas être dans son environnement habituel sans pour autant savoir à quoi il ressemblait.

— Ally ? Que fais-tu ?

La voix grave la fit sursauter et cette pensée fugace s'estompa. Elle essaya de ne pas trop s'en faire. Avec un peu de chance, d'autres bribes de cette sorte lui reviendraient et, petit à petit, elle finirait par retrouver la mémoire. Une sensation de chaleur – provoquée par le contact d'une main masculine – se diffusa dans son bras. Quand elle se tourna, elle rencontra des yeux dont la couleur lui rappela l'expresso qu'elle avait bu le matin. Riche, sombre et addictif. Non, pas addictif ! Elle refusait qu'il en soit ainsi. Même si elle pensait un peu trop souvent à Angelo. Même s'il hantait ses rêves, présence troublante et si réelle qu'elle se réveillait au milieu de la nuit, le cœur battant et regrettant d'être seule dans son vaste lit.

— Salut Angelo, dit-elle en étouffant ses pensées lascives.

Angelo Ricci était incroyablement séduisant et il s'était montré très attentionné ces deux derniers jours. Et dire qu'elle avait fait l'amour avec cet homme et qu'il lui avait donné du plaisir ! Car même si elle n'en gardait aucun souvenir, elle ne doutait pas qu'il soit un amant extraordinaire. Sous ses airs d'être maître de ses émotions, il dégageait une virilité brute et une sensualité qui déclenchait en elle une sensation inconnue qui ressemblait à la faim.

— Quand tu m'as demandé si tu pouvais emprunter des livres en anglais dans la bibliothèque, je pensais que c'était pour lire au bord de la piscine, dit-il.

Il fronçait les sourcils, mais son expression ne dénotait plus la colère, plutôt de l'intérêt. Le pouls d'Ally s'accéléra. Seigneur, c'était pathétique ! Était-elle donc à ce point en manque d'affection ?

— J'aide Enzo, répondit-elle en s'écartant pour libérer son bras qu'il tenait toujours.

— Tu es censée te reposer.

Elle perçut une note d'inquiétude dans sa voix masculine.

— Je me suis reposée pendant plusieurs jours, Angelo, et je m'ennuie au bord de la piscine. De plus, jardiner est une occupation reposante. Je flâne, je passe les outils à Enzo et je mets quelques branches coupées dans la brouette. C'est très agréable d'être dans le jardin.

Elle n'ajouta pas qu'elle avait aussi recherché un peu de compagnie. Rosetta ne lui avait toujours pas accordé un sourire, même si elle s'était radoucie. Et Angelo, malgré sa nouvelle attitude, n'était pas réconfortant.

Au cours des repas, Ally essayait de remédier à la tension indéniable qui régnait entre eux en l'assaillant d'interrogations. Sur l'Italie, la propriété, l'île, ou tout autre sujet impersonnel. Car quand ils abordaient des questions personnelles, tout devenait compliqué, hors de contrôle. Son sang se mettait à bouillonner dans ses veines chaque fois que les doigts d'Angelo frôlaient les siens, à table, ou quand elle découvrait qu'il la regardait, les yeux brillants d'une lueur indéchiffrable.

Parfois, elle s'imaginait que l'attirance qu'elle éprouvait pour lui était réciproque. Ce n'était pas totalement irréaliste. Ne l'avait-il pas embrassée passionnément ? Mais l'instant suivant, l'expression de son compagnon changeait et elle se rappelait qu'il avait admis l'avoir étreinte par simple curiosité. Cette dernière étant satisfaite, il était passé à autre chose.

— Fais attention à ne pas te surmener, dit-il avant de se tourner vers Enzo, à qui il s'adressa en italien.

Ally eut un sursaut de révolte. Elle s'était sentie dans son élément en s'occupant des plantes. Ne serait-ce qu'au cas où cette activité éveillerait des souvenirs, cela valait la peine de continuer. De plus, cela lui donnait l'impression d'être utile. Et elle l'empêchait de trop penser à sa relation compliquée avec son hôte.

— Non, s'il te plaît, l'interrompit-elle. Ne lui dis pas que je ne dois pas l'aider. Enzo a été très gentil et j'apprécie sa compagnie. Je n'abîmerai rien, c'est promis.

Angelo la dévisagea, désarçonné par la pointe d'anxiété qu'il avait entendue dans sa voix.

— Je suis persuadé que le jardin ne craint rien avec toi, dit-il.

Il avait appuyé ses paroles d'un sourire rassurant. La crainte qu'il lui avait inspirée au début de son séjour ici lui faisait honte à présent, parce qu'il n'était pas – et n'avait jamais été – un tyran. Et depuis qu'il avait mis sa méfiance en sourdine, il devait admettre que la personne qu'il côtoyait aujourd'hui n'avait rien en commun avec son ex-femme.

Il ne pouvait nier qu'il appréciait cette nouvelle Ally.

Il se demandait si c'était le temps qui l'avait changée, ou seulement son amnésie. Quoi qu'il en soit, cette inquiétude à l'idée de ne plus pouvoir assister Enzo était étrange. Jardiner était donc si passionnant qu'elle préférait cette occupation à sa compagnie ? Autrefois, elle ne prêtait attention à personne quand il était là. Et encore moins au personnel.

— Tu pourras revenir aider Enzo plus tard. Il va s'arrêter pour déjeuner.

— Oh ! bien sûr, dit-elle en ôtant ses gants et son chapeau, qu'elle déposa au sommet du chargement de la brouette. Je n'ai pas vu l'heure passer. Je ne veux pas l'empêcher de prendre sa pause.

Elle remercia Enzo dans un italien hésitant, ce qui lui valut un sourire approbateur.

Angelo regarda la scène, intrigué. Enzo était le mari de Rosetta et il connaissait les circonstances du divorce de son patron. Ce qui ne l'avait pas empêché de répondre cordialement.

Elle avait toujours été forte pour embobiner les gens, mais elle était probablement sincère en cet instant. Et ce lien qui semblait s'être créé entre elle et son jardinier le fascinait. À vrai dire, tout en elle l'envoûtait. Elle lui paraissait à la fois familière et pourtant tellement différente.

— Enzo et toi, vous avez l'air de bien vous entendre, alors qu'il ne parle pas anglais.

Elle haussa les épaules.

— Nous aimons tous les deux jardiner, ça crée des liens. Rien ne vaut d'être au grand air parmi les choses qui poussent, tu ne trouves pas ?

Angelo croisa son regard candide et il eut l'impression d'avoir embouti un mur. Voilà le genre de remarque qu'il aurait attendue de la part de sa mère, qui adorait s'occuper de ses rosiers, mais pas de celle de son ex-femme.

Alexa avait-elle subi une greffe de personnalité ?

Son ex-épouse était gaie, sociable et à l'aise avec tout le monde. Mais toujours, avait-il appris, dans un but précis. Elle n'avait jamais été une femme d'intérieur et elle n'avait jamais marqué le moindre intérêt pour le jardinage ni pour la couture.

Il devait se rendre à l'évidence, la nouvelle Ally était une énigme qu'il avait bien l'intention de résoudre.

— Alors comme ça, tu aimes jardiner, dit-il tandis qu'ils s'asseyaient sur la terrasse surplombant la mer.

Un large auvent de toile les protégeait du soleil et, comme

la veille, Ally prit le temps d'admirer la vue, puis les vasques sur la balustrade débordant de fleurs aux teintes éclatantes.

— Ça m'a bien détendue ce matin, répondit-elle. Et comment pourrait-il en être autrement dans un endroit aussi paradisiaque ?

Angelo avait toujours trouvé l'endroit propice à la détente, mais l'admiration qu'éprouvait Ally le lui faisait voir sous un jour nouveau. Il commençait même à envisager de suivre les conseils de sa famille et de prendre un peu plus de temps pour profiter de la vie luxueuse que son travail acharné lui avait permis de s'offrir, comme cette propriété située sur cette île réservée aux *happy few*.

— Vis-tu ici à l'année ? demanda-t-elle.

— Malheureusement non, répliqua-t-il. Je passe plus de temps à Rome et ailleurs.

— Pourquoi ?

Elle s'interrompit et il vit l'embarras dans son regard.

— Ce n'est pas à cause de moi, n'est-ce pas ? ajouta-t-elle. Venir ici te rappelle de mauvais souvenirs ?

Devant son air affligé, il s'empressa de la détromper.

— Non ! Cela n'a rien à voir.

C'était la vérité. Aussi curieux que cela paraisse, sur l'île, son passé douloureux venait rarement le hanter. Le fait que la propriété n'éveille généralement pas le souvenir d'Alexa chez lui montrait bien à quel point elle n'avait pas compté. Leur relation était toujours restée superficielle. Une attirance physique, puis le sens du devoir quand elle lui avait annoncé qu'elle était enceinte.

À ce point de ses réflexions, Angelo réalisa brusquement qu'il se préoccupait plus d'elle maintenant que quand ils étaient amants. Il la regarda, s'attarda sur son visage légèrement hâlé et sa chevelure indisciplinée, et il s'aperçut qu'il n'éprouvait plus rien de la colère qui l'avait habité si longtemps.

— Dans ce cas, pourquoi ne viens-tu pas plus souvent ?

Comme il ne répondit pas tout de suite, elle ajouta précipitamment :

— Bien sûr, ça ne me regarde pas.

— C'est une question légitime.

Il regardait les yeux magnifiques d'Ally levés vers lui et se demanda pourquoi cela ne le gênait pas d'en parler avec elle. Peut-être parce qu'elle était comme une étrangère ? Ne disait-on pas qu'il était plus facile de se confier à quelqu'un qui ne vous connaissait pas ?

— Depuis le décès de mon père, je me suis dévoué corps et âme à notre société familiale. Je prends rarement quelques jours de congé.

Et quand il était en vacances, il continuait de participer à des visioconférences, à répondre à ses mails et à passer des coups de fil. Même ses week-ends ici étaient entrecoupés de séances de travail.

— Tu veux dire que la succession n'allait pas de soi ?

— C'était compliqué. Mon père est mort subitement et…

— Je suis désolée. Cela a dû être terrible.

La sympathie brillait dans le regard d'Ally et Angelo fut déconcerté de constater que sa gorge se nouait. Son *papà* était mort depuis longtemps, mais il lui manquait toujours. De plus, il n'était pas habitué à provoquer la compassion. C'était lui qui veillait constamment sur tout le monde. Celui vers qui on se tournait si on avait besoin d'aide ou de soutien.

— Merci. C'était un homme exceptionnel. J'ai travaillé dur pour être à la hauteur de ses exigences et, oui, il y avait beaucoup de gens qui doutaient que je sois capable de prendre sa suite. Mais je leur ai prouvé le contraire. J'ai réussi à faire de notre banque une société encore plus prospère, plus grande.

— Je suis sûre qu'il serait fier de toi.

De nouveau, son empathie et sa perspicacité l'étonnèrent. En cinq ans, elle avait indéniablement changé.

— Je l'espère, répondit-il.

Certains pensaient que c'était son ego qui l'avait poussé

à essayer de surpasser son père, alors que ce n'était qu'un moyen pour lui d'honorer la mémoire de celui-ci. Après son divorce, son ambition avait été nourrie par le besoin d'évacuer son amertume et de focaliser son énergie sur des objectifs positifs. Il avait en outre résolu, sur le plan sentimental, de s'en tenir à des aventures sans lendemain qui ne venaient pas troubler l'ordre bien établi de son existence, entièrement consacrée au travail et à sa famille.

C'est pourquoi il s'étonnait que la présence de son ex fasse émerger des questions qu'il ne s'était plus posées depuis une éternité. Était-il prêt pour une relation sérieuse et durable ? Pourquoi ne pas faire de ce lieu sa résidence permanente, où il vivrait avec sa femme et ses enfants ?

Il avait repoussé ces interrogations, car la pensée de fonder une famille revenait à rouvrir une plaie mal cicatrisée. Instinctivement, il avait refusé l'idée même de l'amour, comme un sentiment qui rendait vulnérable. Le fiasco de son mariage n'avait fait que renforcer cette conviction.

— Mais puisque les affaires vont bien, tu devrais pouvoir déléguer un peu et prendre du temps pour toi, non ?

— Tu parles comme ma mère. Elle me répète toujours que je dois prendre plus de vacances. Et ma sœur… Elle m'accuse d'être accro au travail.

Le petit rire qui échappa à Ally déclencha une boule de feu dans le creux de son ventre.

— De toute évidence, elle n'a pas froid aux yeux !

La lueur malicieuse qui brillait dans les prunelles de sa compagne eut raison de son sérieux et il esquissa un sourire. Giulia était la seule personne qui le taquinait. Il s'étonnait du plaisir qu'il éprouvait quand Ally faisait de même.

Et si sa mère et sa sœur étaient dans le juste ? Peut-être était-il temps de revoir ce qu'il attendait de la vie.

— Si je possédais cet endroit, dit-elle, je ne voudrais jamais le quitter. Regarde ces géraniums roses qui retombent sur la balustrade blanche, et la mer en fond. C'est magnifique !

Au lieu de regarder dans la direction qu'Ally lui indiquait, il l'observa. L'enthousiasme rosissait ses joues. Elle avait aimé cet endroit dès la première fois qu'elle y était venue, mais elle était trop snob à l'époque pour s'extasier. Aujourd'hui, il trouvait son admiration presque naïve, charmante.

Ses réflexions furent interrompues par l'arrivée de Rosetta qui apportait le pain et les *antipasti*.

Tandis qu'ils dégustaient les amuse-bouche, Ally continuait de s'émerveiller sur les jardins. Elle semblait très bien s'y connaître, nommant les plantes, s'intéressant au plan et aux différentes sections cultivées.

— La roseraie, en particulier…

Elle laissa sa phrase en suspens. Tout en remplissant leurs verres d'eau pétillante, Angelo acquiesça. Sa mère appréciait aussi particulièrement la roseraie. Elle aurait aimé partager ce déjeuner avec Ally, à discuter plantes et agencement de jardin.

Ce n'est que lorsqu'il reposa la bouteille qu'il vit l'expression abasourdie d'Ally. Il remarqua également qu'elle avait interrompu le geste de porter une tranche de pain à la bouche, et son inquiétude se précisa.

— Ally ? Que se passe-t-il ? Ally !

— *Gran*, chuchota-t-elle.

Mais elle n'ajouta rien d'autre. Son visage ne trahissait ni souffrance ni détresse. Seulement une concentration intense. Puis, brusquement, elle cligna des yeux, se laissa retomber contre le dossier de la chaise et reposa la tranche de pain qu'elle tenait. Ses prunelles brillaient ardemment.

Sans réfléchir, Angelo se leva et, la seconde suivante, il s'accroupit près d'elle. Il lui couvrit la main, qui lui parut glacée.

— Que se passe-t-il, Ally ? Parle-moi.

Quand elle se tourna finalement vers lui, il lut dans son regard qu'elle le reconnaissait et il en fut soulagé. Pendant ces quelques instants où elle avait semblé complètement

« ailleurs », il avait eu peur. Il s'en voulait à présent de l'avoir laissée aider Enzo. S'était-elle surmenée ?

— Je me suis souvenue, murmura-t-elle.

— Tu te souviens de quelque chose ? Excellent !

Elle ne semblait pas partager son avis. Elle avait plutôt l'air de se retenir de pleurer. Il lui pressa la main pour la rassurer et l'encouragea à parler :

— De quoi te souviens-tu ? De ta vie ? De la façon dont tu es arrivée ici ?

Du dos de sa main libre, elle essuya ses paupières humides, comme l'aurait fait un enfant.

— Pas de tout ça. Mais j'ai eu l'impression de...

Sa bouche trembla et il crut un instant qu'elle allait éclater en sanglots. Cette perspective le terrifia, car durant tout le temps où il avait fréquenté cette femme, il ne l'avait jamais vue pleurer. Même quand il l'avait confrontée à ses mensonges. Aujourd'hui, constater ses efforts pour retenir ses larmes l'émut profondément.

Instinctivement, il l'enlaça. Ally laissa retomber la tête contre son épaule masculine et agrippa sa chemise.

— Je suis désolée, murmura-t-elle en reniflant.

Elle enfouit son visage contre son cou et il sentit les larmes couler contre sa peau. En dépit de toutes ses résolutions, Angelo éprouva un élan de sympathie et un besoin de la protéger, il resserra son étreinte. Il ignorait ce qu'elle venait de traverser mais, de toute évidence, elle était bouleversée.

Il percevait les soubresauts de la crise de sanglots qui la secouait et il se disait que cette étreinte ne ressemblait à aucune de celles qu'ils avaient vécues. Il avait beau connaître cette femme, en cet instant, elle lui était complètement étrangère.

En fait, ce n'était pas exactement ça. Le fait de la tenir dans ses bras, de sentir le poids de son corps mince et souple contre le sien, lui semblait la chose la plus naturelle du monde. Ce qui était inhabituel, c'était la détresse qu'elle ressentait. Son ex-épouse n'avait jamais montré le moindre signe de peur ou de tristesse. Elle était simplement convaincue que tout ce dont elle avait envie lui revenait de droit.

— Je suis désolée, Angelo, répéta-t-elle. Je ne sais pas ce qui m'a pris.

Elle s'écarta et il rechigna, à sa grande surprise, à la relâcher. Mais il décida de ne pas s'attarder sur cette curieuse réaction.

— Que s'est-il passé ? C'était un mauvais souvenir ?

Elle renifla et leva les mains pour écarter ses cheveux de son visage, un geste d'autrefois dont il se souvenait. Curieusement, le fait de la voir l'exécuter maintenant, alors qu'elle portait sa petite robe à fleurs et qu'elle avait encore les yeux rougis de larmes, le troubla. Comme si le passé honni se mêlait au présent.

— C'est incompréhensible. Je devrais être heureuse de me souvenir enfin de quelque chose, d'autant que c'était agréable.

Angelo la contemplait, avec ses yeux mouillés de larmes, et il pensa qu'il n'avait jamais rien vu d'aussi triste, et aussi beau à la fois. Ignorant l'émotion qui faisait battre sourdement son cœur, il reprit la main d'Ally et la caressa avec le pouce.

— Raconte-moi, dit-il.

Pendant une seconde de plus leurs regards restèrent accrochés, comme si elle quêtait son soutien. Puis elle lui adressa un petit sourire en coin qu'il prit en pleine figure. Sa moue n'avait rien de travaillé ni de sensuel, mais elle était sincère, et elle l'éblouit.

Angelo attendit que sa petite voix intérieure fasse une remarque cynique, mais elle se tint coite. Devait-il se sentir soulagé, ou inquiet ?

— C'est l'odeur du pain, dit-elle en montrant le morceau de *focaccia* qu'elle avait reposé sur son assiette.

Rosetta était réputée pour son pain fait maison mais, trop occupée à compter les calories et à bannir les glucides de son alimentation, Ally n'avait pas souvent goûté ses réalisations.

— Pas le pain lui-même, reprit-elle, mais le romarin dont

il est parsemé. Je l'ai senti et je me suis souvenu d'une véranda et d'une maison, qui donnaient sur un jardin. J'étais debout et je versais une lotion de rinçage parfumée au romarin sur les cheveux blancs d'une femme. *Gran*, ma grand-mère. Je savais qui elle était alors que je ne voyais pas son visage. Nous disions que ma lotion était une réussite. La meilleure que j'aie créée jusque-là.

En voyant les émotions qui s'entrechoquaient dans le regard d'Ally, Angelo se remémora qu'avant, elle avait toujours veillé à ne jamais trahir ses pensées. Maintenant, elle ne semblait pas se soucier de ce qu'elle lui révélait sur elle-même. Elle ne songeait qu'à comprendre les quelques informations que son cerveau avait consenti à lui fournir.

— C'est une bonne chose, non ? dit-il. Un souvenir positif d'une personne et d'un lieu. C'est un début.

— Tu as raison. Bien sûr que tu as raison.

Il sentit sa réticence.

— Mais ce n'est pas si simple, c'est ça ?

Le regard de gratitude qu'elle lui adressa porta un coup fatal à l'épaisse muraille en béton armé qui protégeait son cœur.

— Non, ce n'est pas si simple, approuva-t-elle. Le souvenir en lui-même est agréable, même réconfortant. Après ce que tu m'as dit, je commençais à me demander s'il y avait quelqu'un, n'importe où, qui s'inquiéterait de ne pas me voir rentrer.

Il n'entendit aucune note de reproche dans sa voix, mais au souvenir de la satisfaction qu'il avait eue à lui annoncer la vérité, il eut rétrospectivement honte de son attitude.

— Maintenant, tu sais que c'est le cas, dit-il en pressant la main d'Ally dans la sienne.

Il fut soulagé quand elle lui répondit d'une brève pression.

— Oui, mais le problème, c'est que ce souvenir m'a rendue incroyablement triste. Ce qui me fait craindre ce que je découvrirai le jour où tout me reviendra. Je ne suis pas sûre d'être prête à l'affronter.

8.

— C'est incroyable !

Ally s'immobilisa un instant sur la dernière marche de l'escalier taillé dans la falaise et balaya du regard la crique déserte, puis elle ôta ses sandales et fit quelques pas sur le sable rose.

— Le sable est aussi doux que du sucre glace !

Angelo, qui l'avait précédée, jeta un coup d'œil par-dessus son épaule. La réaction enchantée d'Ally lui fit hausser un sourcil ironique. Aussitôt, elle oublia la plage sublime et elle dévora avidement son compagnon du regard. Il était d'une beauté à couper le souffle. Le short de bain noir et le simple T-shirt mettaient en valeur sa silhouette athlétique. Chaque fois qu'elle l'observait, les battements de son cœur s'accéléraient et elle réalisait qu'elle était complètement obsédée par cet homme. Cela s'était encore aggravé au cours des derniers jours, depuis qu'elle le découvrait sous son angle prévenant et compréhensif, comme la veille, quand elle avait craqué pendant le déjeuner. Il l'avait laissée pleurer sur son épaule sans la juger.

La tristesse qui s'était emparée d'elle sans qu'elle en identifie la cause n'avait pas totalement disparu et depuis, elle passait autant de temps que possible avec Angelo. Par conséquent, elle fantasmait beaucoup sur son hôte, ce qui n'était sans doute guère mieux. Le cours érotique que prenaient régulièrement ses pensées la faisait rougir chaque fois qu'elle croisait le regard d'Angelo. Parfois, elle avait la troublante impression qu'il savait l'effet qu'il avait sur elle.

Comme en ce moment, où il la dévisageait.

— Tu me montres l'endroit où tu m'as trouvée, et où tu as retrouvé la pagaie ?

Sa voix lui sembla empreinte d'une gaieté forcée, mais c'était mieux que rauque de désir.

— Tu es sûre que tu te sens capable d'escalader les rochers ?

Il semblait penser qu'elle était fragile physiquement, alors que c'était seulement son esprit qui fonctionnait mal. Son corps allait bien. Trop bien même, à voir la façon dont il réagissait au charisme d'Angelo.

— Ne t'inquiète pas, je me sens parfaitement en forme.

Résigné, il la conduisit jusqu'à une saillie rocheuse à l'extrémité de la plage.

— Tu étais allongée là, la tête et les bras sur les rochers, le reste du corps dans l'eau.

Un froid glacial l'envahit quand elle réalisa qu'elle aurait pu se noyer ou être plus sérieusement blessée. Angelo dut deviner que quelque chose n'allait pas, car elle sentit ses mains masculines se poser sur ses bras qu'elle frottait nerveusement. Elle leva les yeux vers lui et lut de la sympathie dans son regard. Elle comprit alors que ce n'était pas ce sentiment-là qu'elle aurait souhaité lui inspirer, mais du désir. Consciente qu'elle devait absolument rompre ce contact physique si elle ne voulait pas commettre une folie, elle s'écarta et s'obligea à scruter le large. Au loin, elle devinait la côte.

— Tu penses vraiment que j'ai parcouru cette distance ?

— J'ai envoyé ta photo au loueur et il m'a confirmé que c'était bien toi qui lui avais réservé le paddle manquant.

— Où as-tu trouvé la pagaie ?

Il la conduisit un peu plus loin, à un endroit où les rochers plongeaient dans la mer.

— Là, dans une crevasse. Mais il n'y a plus rien à voir

maintenant. Je suppose que le paddle est en route pour la Sicile à l'heure qu'il est. Allez, viens, allons nous baigner.

Avait-elle vraiment cru que venir sur la plage l'aiderait à se souvenir ? Quoi qu'il en soit, elle était déçue. Mais elle saisit la main qu'il lui tendait et comme par enchantement, elle se détendit, même si elle savait qu'il ne songeait qu'à éviter qu'elle trébuche sur ce terrain accidenté. Tout contact humain était bon à prendre dans l'état où elle était. Elle se sentait si seule, si isolée dans ce monde étouffant où elle ne trouvait pas sa place. C'était sans doute pour quoi elle faisait une telle fixation sur Angelo.

Dès qu'ils furent revenus sur le sable, elle ôta le pantalon et le chemisier qu'elle portait sur son bikini. Ce faisant, elle ne se priva pas d'observer du coin de l'œil Angelo. Il avait enlevé son T-shirt. Le soleil caressant sa peau dorée soulignait ses muscles harmonieux. Les doigts la démangeaient de toucher ce torse sculptural, de laisser glisser la main jusqu'à son nombril, puis de suivre la fine toison sombre qui disparaissait sous la ceinture de son maillot.

Dans l'espoir de doucher ces ardeurs embarrassantes, elle courut dans l'eau. Elle remarqua à peine la sensation de froid qui ceignit ses chevilles, puis ses genoux, avant de plonger la tête la première sous la surface.

Angelo observait Ally tandis qu'elle se séchait les cheveux. L'effet de ses mouvements vigoureux sur tout son corps le fascinait. Ses seins, délicieusement galbés, qu'emprisonnait le haut de bikini, sautillaient de façon charmante et ses fesses fermes se tendirent quand elle se tourna vers lui.

Elle était encore plus attirante que dans son souvenir. Toujours mince, mais avec des rondeurs exactement là où il fallait. Ce n'étaient cependant pas les courbes affolantes d'Ally qui faisaient vaciller ses défenses. C'était qu'au lieu d'une moue coquine, elle affichait un sourire radieux qui lui donnait envie de tomber à genoux devant elle et de la supplier de le laisser la toucher.

Elle resplendissait. Son visage irradiait, ses yeux brillaient de plaisir et ses cheveux, quand elle lâcha la serviette, captèrent les rayons du soleil.

— C'était fabuleux ! L'eau est tellement claire !

— Tu es définitivement dans ton élément dans la mer.

— C'est peut-être pour ça que j'aimais cet endroit, avant. Tu disais que je ne quittais jamais la propriété.

Angelo acquiesça. C'était vrai, mais elle passait essentiellement son temps au bord de la piscine et se trempait de temps en temps pour se rafraîchir. Il ne se souvenait pas l'avoir vue nager pendant des heures dans la crique. Or, Ally s'était seulement arrêtée quand il lui avait rappelé qu'elle ne devait pas faire trop d'efforts pour ne pas risquer de rechute.

De toute évidence, elle avait pris de nouvelles habitudes depuis qu'elle l'avait quitté. Il avait du mal à l'admettre, mais il était possible que leur rupture ait provoqué des changements radicaux chez elle aussi. De fil en aiguille, il se demanda ce qui avait fait d'elle la femme cynique qu'elle était quand il l'avait rencontrée.

Il ne s'était jamais posé la question jusqu'à présent, car leur relation avait toujours été superficielle. Or, Angelo s'apercevait qu'il avait plus en commun avec son ex-épouse aujourd'hui qu'à l'époque de leur mariage. L'amour de la mer ou des livres. Une propension à la franchise.

Hier soir, poussé par le besoin de penser à autre chose qu'à l'intimité qu'ils partageaient, il avait proposé à Ally de regarder un vieux film. À son étonnement, elle ne l'avait pas seulement apprécié, mais elle avait fait des commentaires qui dénotaient une connaissance des classiques du cinéma. La séance s'était suivie d'une conversation animée. Angelo n'avait pas passé une soirée aussi agréable depuis bien longtemps.

— Tu es prête ? demanda-t-il.

Elle lui dédia un autre sourire éclatant et il songea que le plein air lui réussissait. Elle semblait plus heureuse.

— Oui, répondit-elle. Je pensais donner un coup de main à Enzo après déjeuner. La tempête a dévasté le jardin, il y a encore pas mal d'élagage et de ratissage à faire.

Angelo essayait tant bien que mal de s'habituer à cette femme qui préférait travailler dans le jardin plutôt que de siroter des cocktails sur une chaise longue. Il l'invita à le précéder dans les marches creusées à même le rocher pour qu'il puisse la secourir si elle faisait un faux pas. Toutefois, à en juger par son énergie pétillante du jour, le risque était faible.

Il regretta sa décision quand il fut obligé de suivre le balancement charmant de ses hanches féminines et de son joli derrière. Sentant son sexe durcir, il s'arrêta pour lui laisser prendre un peu d'avance. Dans l'espoir de maîtriser ses pulsions, il énuméra mentalement les coups de fil professionnels qu'il devait passer.

Quand les bribes d'une conversation attirèrent son attention, il leva les yeux et vit qu'Ally s'était immobilisée au niveau du virage où le sentier s'écartait de la falaise, à l'endroit où il atteignait la limite de sa propriété. Il monta les marches quatre à quatre et tomba sur Ally en train de bavarder gaiement avec son voisin par-delà la haie.

— Le voilà, dit-elle quand Angelo arriva à sa hauteur. Vous pouvez lui demander directement.

Mais Oliver Branston, le nouveau voisin américain d'Angelo, ne se tourna pas immédiatement vers lui. Son regard s'attarda quelques instants de plus sur Ally, comme si lui aussi la trouvait fascinante. Angelo se hérissa, mais il réussit à afficher un sourire.

— Salut, dit-il. En quoi puis-je vous être utile ?

— J'organise une pendaison de crémaillère. Ne vous inquiétez pas, ce ne sera pas une fête hollywoodienne ultra-bruyante avec ballet d'hélicoptères. J'invite quelques voisins autour d'un barbecue. Ça permettra de faire connaissance et peut-être de dissiper les craintes que mon arrivée ici a pu causer.

Cette fois, le sourire d'Angelo fut sincère. La prévenance et la franchise du personnage lui plaisaient. Certains habitants de l'île s'étaient effectivement inquiétés pour leur tranquillité avec l'arrivée de ce nouveau voisin, aussi réputé pour son goût de la fête que pour son palmarès de réalisateur.

— Je vous remercie, et j'accepte l'invitation.

— Parfait ! C'est après-demain. Venez quand vous voulez dans la soirée, dit Branston avant de s'adresser à Ally : je compte sur vous aussi, mademoiselle Ally.

Quand il eut disparu derrière la haie, après les avoir salués, Angelo repensa à l'intérêt évident que l'Américain portait à Ally. Peut-être qu'il regardait toute la gent féminine de cette façon-là ? À en croire Rosetta, Branston collectionnait les liaisons avec des actrices célèbres. Mais peu importe. Ally resterait à la villa, car elle avait besoin de repos. Cette pensée calma l'irritation qu'il avait éprouvée lorsqu'il l'avait vue en compagnie de ce séducteur. Certes, Oliver Branston était un réalisateur et non un comédien, mais il était très bel homme, et l'aura de pouvoir que lui conférait le succès de ses films aimantait les femmes comme le miel attirait les abeilles.

Ils se remirent en route, marchant côte à côte à présent, échangeant leurs impressions sur la baignade et sur le paysage. Cette conversation acheva de calmer ses craintes. Autrefois, elle aurait été surexcitée après avoir rencontré Branston, car elle nourrissait le rêve de devenir actrice. Mais l'entrevue avec leur voisin célèbre ne semblait pas perturber Ally.

— Tiens, Ally, un magnifique cocktail pour une femme magnifique.

Ce compliment excessif la fit éclater de rire. Le cocktail extravagant qu'Oliver lui tendait était outrageusement décoré et surmonté d'une bougie magique qui projetait le feu d'artifice de ses étincelles.

— Tu gâches tes talents en tournant des films ! Tu devrais plutôt t'installer comme barman à plein temps.

C'était le deuxième verre sans alcool qu'il lui avait préparé ce soir. Le médecin ne lui avait pas interdit d'en consommer, mais elle préférait ne pas prendre le risque. Ce qui ne l'avait pas empêchée de se sentir un peu gauche quand elle avait réclamé une boisson sans alcool alors que tout autour d'elle des gens élégants sirotaient du vin ou des cocktails.

Son léger sentiment de malaise venait peut-être tout simplement du fait qu'Angelo avait accepté à contrecœur qu'elle participe à la fête. Il prétendait qu'elle avait besoin de repos et que le médecin ne serait pas d'accord. Mais celui-ci, au contraire, avait approuvé cette distraction, estimant que la compagnie d'autres personnes la stimulerait.

Ally, quant à elle, avait vu dans cette soirée un moyen de se changer les idées et de penser à autre chose qu'à Angelo et à l'attirance irrésistible qu'elle éprouvait pour lui.

— Je suis soulagé de savoir qu'une autre carrière s'offre à moi au cas où mon prochain film serait un échec, répliqua Oliver avec un sourire complice.

— Tu parles ! J'ai regardé sur Internet. Même si cela arrivait, tu aurais toujours de quoi te retourner. Tu as réalisé tellement de grands films.

— Tu as dû chercher sur Internet ? dit-il d'un air étonné. Je savais que tu n'étais pas une fan rêvant de décrocher un rôle dans mon prochain film, mais j'osais espérer que mon nom t'était familier.

Ally hésita. Elle n'avait pas particulièrement envie de s'étendre sur son état de santé, mais Oliver lui inspirait confiance, elle ne voyait donc pas pourquoi le lui cacher.

— En fait, j'ai un petit problème. Ma mémoire…

Elle lui raconta en quelques mots son accident. Il s'était

rapproché et elle voyait l'intérêt et la compassion sur son visage.

— C'est sérieux ? s'exclama-t-il, avant de se reprendre. Je suis désolé, bien sûr que c'est sérieux. Tu ne plaisanterais pas sur un sujet pareil. Tu es sacrément courageuse. Venir ici, faire comme si tout était normal, alors que ça doit être terrifiant.

Elle dut lutter contre les larmes d'émotion qui lui irritaient les yeux.

— Merci. Le médecin dit que je me débrouille bien, mais ce n'est pas mon impression.

Il passa une main autour de ses épaules et la serra un instant pour la rassurer, avant de s'écarter.

— Oh ! Ally, je suis désolé. Je ne voulais pas te bouleverser.

— Tu n'y es pour rien. En fait, ça fait du bien d'en parler à quelqu'un.

Elle sentit soudain un picotement familier sur sa nuque. Machinalement, elle se tourna et découvrit Angelo, de l'autre côté de la piscine, qui l'observait, les sourcils froncés.

Il avait passé une grande partie de la soirée à côté d'elle, mais il était tout le temps accaparé par des gens qui voulaient absolument lui parler. Ally en avait profité pour explorer les lieux par elle-même. À présent, il n'avait l'air ni compréhensif ni protecteur. Il lui faisait plutôt penser à un orage sur le point d'éclater.

— Ton amant a l'air de vouloir m'étrangler.

— Angelo n'est pas mon amant et c'est probablement contre moi qu'il est en colère, pas contre toi. Quant à savoir pourquoi… Je n'en ai pas la moindre idée.

— Ce n'est pas compliqué. Il est jaloux parce que tu es avec moi.

Elle fixa l'Américain, bouche bée. Quand elle se tourna de nouveau vers Angelo, elle vit que celui-ci se dirigeait vers eux. Mais il se fit intercepter par une vieille dame couverte de rubis.

— Jaloux ? répéta-t-elle. C'est impossible. Il n'y a rien entre nous.

— De toute évidence, il aimerait qu'il y ait quelque chose. Mais puisque vous n'êtes pas amants, cela signifie que je peux tenter ma chance…

La bouche d'Oliver s'était incurvée en un sourire charmeur et elle ne put s'empêcher d'éclater de rire.

— Tu maîtrises vraiment les codes éculés du parfait play-boy !

Un éclair de surprise traversa le regard bleu d'Oliver, puis il haussa les épaules.

— L'habitude. Et tu es réellement fascinante et belle.

Cette avalanche de compliments éveilla ses soupçons.

— Tu as quelque chose à me demander, n'est-ce pas, Olivier ?

Quand Angelo réussit enfin à se débarrasser poliment de l'amie de sa mère, Ally et Branston avaient disparu. Tout en se maudissant intérieurement, il se lança à leur recherche. Jusqu'à présent, il s'était dit qu'il ne pensait qu'à la santé d'Ally, mais depuis qu'il l'avait vue avec Branston, pouffant comme deux adolescents au bar installé près de la piscine, il avait compris que c'était autre chose.

Il n'aimait pas l'expression de Branston quand celui-ci observait Ally. Pour tout dire, il n'avait apprécié le comportement d'aucun des hommes présents ce soir lorsqu'ils contemplaient Ally. À quoi avait songé Rosetta en achetant cette robe moulante bleu électrique qui attirait tous les regards ? Il avait la sensation d'étouffer mais, alors qu'il voulut défaire les premiers boutons de sa chemise, il découvrit qu'il l'avait déjà fait.

— Ah, Angelo ! l'interrompit une autre connaissance. Je voulais justement te demander ton avis…

— Je suis désolé, mais je dois retrouver ma compagne…

— La jolie blonde ? Tu as raison. La dernière fois que je l'ai vue, Branston la monopolisait. Ils allaient vers le jardin.

— Merci. On se retrouve plus tard.

Tandis qu'il longeait la terrasse qui donnait sur le jardin, il tenta de se rassurer et de regagner son calme. Ally adorait les jardins. Branston voulait sans doute simplement lui faire visiter le sien. Mais il n'y croyait qu'à moitié. Il devait absolument la protéger de ce don Juan. Si Branston osait seulement poser un doigt sur Ally...

Il n'acheva pas sa pensée, car il venait de les apercevoir en train de déambuler tranquillement à quelques mètres de là. Leurs têtes se touchaient comme s'ils se confiaient des secrets. Soudain, Ally trébucha et Branston la prit par le bras. Une fureur sauvage explosa en lui. Il attendit, retenant son souffle, pour voir comment elle allait réagir. Quand, au lieu de repousser l'Américain, elle s'appuya contre lui et que Branston l'enlaça, la rage d'Angelo se mua en une douleur perçante. Ally n'avait pas besoin qu'il vole à son secours ! Elle voulait que Branston la touche. Cette révélation fut comme un coup de massue.

Comment avait-il pu être aveugle à ce point ? Soudain, tout devint clair.

Dès le départ, il était persuadé que son ex-femme était arrivée sur l'île pour une raison bien précise. Par pur égocentrisme, il avait cru qu'elle cherchait à renouer avec lui. Or, il n'était que le moyen le plus simple pour parvenir à ses fins. Elle était venue ici parce que Branston avait acheté la propriété adjacente à la sienne. Elle avait toujours voulu plus que tout devenir une actrice.

Il devait reconnaître que durant la semaine qui s'était écoulée, elle avait démontré son talent avec éclat. N'avait-elle pas convaincu Angelo lui-même, alors qu'il se méfiait d'elle comme de la peste ? Elle l'avait persuadé qu'elle était blessée et vulnérable, pendant qu'elle attendait l'occasion de rencontrer le célèbre réalisateur américain qui avait la réputation d'engager des inconnues, dont il faisait des stars.

Elle avait atteint son but deux jours auparavant. Pas étonnant qu'elle ait insisté pour venir à la fête. Sa décision de porter une robe qui ne laissait aucune place à l'imagination prenait aussi tout son sens.

Mais Angelo refusait d'être un pion dans ses plans. Dans un sursaut de révolte et d'indignation, il se dirigea à grands pas vers le couple. Malgré le bruit du gravier sous ses pas, Ally ne leva pas la tête quand il approcha. Elle était sans doute trop occupée à séduire Branston.

— Branston, tu…

— Ah, tu es là, l'interrompit son voisin. Ally ne se sent pas bien. Je pense qu'il vaut mieux que tu la raccompagnes à la maison.

— Angelo…

En entendant la voix enrouée d'Ally, la gorge d'Angelo se noua, mais il se ressaisit rapidement. Il savait maintenant qu'elle jouait un rôle. Son anxiété était feinte, tout comme sa fragilité. L'espace d'un instant, il songea à la planter là, à la laisser continuer sa petite comédie pour Branston, avant de se raviser. Il refusait de lui faciliter la tâche.

Il s'approcha donc, la prit par le bras et l'emmena. Branston les accompagna jusqu'au portail de la propriété, visiblement soucieux. Elle lui avait vraiment tapé dans l'œil !

Cette pensée attisa sa colère, mais il n'aimait pas les scènes en public et c'est en silence qu'il la conduisit jusqu'à l'intérieur de la villa. Tandis qu'ils montaient l'escalier, il remarqua que la démarche d'Ally devenait plus assurée et qu'elle s'appuyait moins sur lui. Quand ils arrivèrent devant sa suite, c'est elle qui ouvrit la porte. Elle entra, puis elle se tourna vers lui. Avant qu'elle puisse parler, il la suivit. Elle dut reculer d'un pas.

— Quelle représentation remarquable, lança-t-il d'un

ton narquois. Mais ne compte pas sur moi pour participer à ton plan.

— De quoi parles-tu ? Je ne comprends pas.

Elle le regardait, les yeux écarquillés par la surprise. Bon sang ! Même en cet instant, il était séduit par cette intrigante. Tandis qu'il la soutenait pour rentrer à la villa, il s'était laissé griser par son parfum, doux et merveilleux, et il sentait toujours l'empreinte de ses courbes contre son corps. Le mélange de colère et d'attirance qui le submergeait était détonnant.

Oui, il était furieux, et pas parce qu'elle voulait se servir de Branston pour lancer sa carrière. Mais parce qu'elle avait jeté son dévolu sur le réalisateur, alors qu'il aurait souhaité qu'elle le séduise, lui, Angelo. Car, en dépit de tout ce qu'il savait d'elle, il la désirait.

— Que comprends-tu exactement, Ally ? Ceci ?

Il franchit la faible distance qui les séparait et lui saisit les poignets.

9.

Toute trace de bienveillance avait disparu des yeux noirs d'Angelo. Et pourtant, alors même qu'il la toisait d'un air sévère comme aux premiers jours, tout le corps d'Ally vibrait d'adrénaline de se sentir si proche de lui, car elle pressentait que, enfin, son vœu secret allait être exaucé. Aussi, au lieu de le repousser, soutint-elle son regard.

— Il n'y a pas de plan, Angelo. Oliver et moi bavardions quand, soudain, j'ai eu un vertige.

Elle ne comprenait pas d'où ce malaise était venu. Elle avait effleuré un buisson, dont la fragrance lui était montée à la tête. Ce n'étaient pas des souvenirs qui l'avaient assaillie, mais des émotions, avec une telle puissance, qu'elle avait chancelé.

— De là où j'étais, vous n'aviez pas l'air de bavarder.

— Tu nous espionnais ?

— J'étais soucieux pour toi, répliqua-t-il. À tort, apparemment. J'ai été stupide de ne pas avoir compris plus tôt que tu n'étais venue ici que pour le rencontrer. Tu veux qu'il fasse de toi une star, c'est ça ? Tu comptais coucher avec lui pour obtenir un rôle ?

Outrée par cette accusation insultante, Ally voulut le gifler, mais il maintenait fermement ses poignets. Ravalant son indignation, elle prit une profonde inspiration avant de déclarer d'un ton posé :

— Au cas où tu ne l'aurais pas remarqué, je suis trop

occupée en ce moment à essayer de retrouver la mémoire pour me soucier de ma carrière !

Cette fois, quand elle tira sur sa main, il la relâcha. Paradoxalement, elle regretta aussitôt le contact des paumes tièdes d'Angelo.

— Oliver est un type gentil, c'est tout. Il a vu que je n'étais pas très à l'aise et il m'a tenu compagnie. De plus, mon amnésie l'intéressait d'un point de vue professionnel. Il pense que ça ferait un bon point de départ pour un scénario.

Pour une fois, elle n'avait pas eu de mal à parler de sa perte de mémoire, d'autant que l'intérêt d'Oliver la lui avait fait apparaître – pour un court laps de temps – comme une énigme intellectuelle et non un désastre terrifiant.

— Nous connaissons tous les deux ton faible pour les *types gentils*, Alexa, rétorqua-t-il. Et la façon dont tu les manipules pour arriver à tes fins.

Elle détestait qu'il l'appelle ainsi et il le savait ! Furieuse, elle le foudroya du regard.

— Si c'est à toi que tu fais allusion, Angelo Ricci, alors tu te trompes. Tu n'es pas gentil du tout.

— Tu as raison. C'est d'ailleurs pour ça que je n'ai aucun scrupule vis-à-vis de toi.

Sur ces mots, il l'enlaça. Sous l'intensité du regard d'Angelo, la respiration d'Ally se saccada, soulevant sa poitrine au point de frôler le torse athlétique de son compagnon.

Au lieu de l'intimider, la puissance brute qui se dégageait de lui la grisait. N'était-ce pas ce qu'elle attendait depuis une semaine ? Elle était impatiente d'assouvir le désir de plus en plus irrésistible qu'elle éprouvait pour Angelo.

Elle saisit les pans de la veste de costume et attira Angelo vers elle. Elle n'était pas assez forte pour le faire bouger, et pourtant il se déplaça. Il s'inclina avec une lenteur insupportable, jusqu'à ce que son souffle tiède vienne effleurer ses lèvres.

— Ça ne sert à rien d'essayer de me séduire, murmura-t-il. Je te connais et je connais tes manigances.

Cette affirmation arracha un petit rire désabusé à Ally. Il ne savait pas tout. Il se trompait quand il pensait qu'elle était attirée par Oliver Branston. C'est lui, l'homme au charme ténébreux, qu'elle voulait. Après une semaine d'angoisse, d'espoirs fragiles et de déceptions, elle avait brusquement confiance en elle, certaine qu'en dépit de ses protestations, lui aussi la désirait.

— Tu prétends que tu es immunisé contre moi ? murmura-t-elle en passant une main sur la nuque de son compagnon.

Puis elle l'attira vers elle. Comme elle s'y attendait, il ne lui opposa aucune résistance. Quand leurs bouches se joignirent, Ally ressentit une véritable onde de choc. Une sensation incroyable de reconnaissance et d'excitation.

L'instant suivant, elle sentit qu'il la plaquait contre une surface solide. Un mur ? La porte ? Cette question sans importance se retrouva noyée sous le tumulte des émotions qui la submergèrent quand il prit possession de ses lèvres. Elle répondit à son baiser avec la même passion dévorante, cette ferveur qui s'était accumulée au cours de la semaine et qu'exacerbaient les caresses dont il couvrait son corps.

Leurs étreintes, quand ils étaient mariés, étaient-elles toujours aussi passionnées, aussi parfaites ? Si c'était le cas, comment avait-elle eu la force de partir ? Elle avait l'impression qu'ils étaient faits l'un pour l'autre. Unis par un lien si élémentaire qu'on ne pouvait tout bonnement pas le nier.

Sans cesser de l'embrasser, il la souleva légèrement en plaquant les mains sous ses fesses et, tandis qu'il glissait une jambe entre les siennes, elle sentit qu'il retroussait sa robe. Le simple contact entre la musculature puissante et le foyer du désir qui la consumait lui arracha un gémissement de plaisir, qu'Angelo étouffa sous un baiser. Instinctivement, elle commença à onduler contre la cuisse de son compagnon au rythme langoureux de leur étreinte, attentive aux ressentis délicieux qui l'envahissaient.

Quand il posa une main dans le creux de son dos et qu'il la pressa davantage contre lui, le sang d'Ally bouillonna dans ses veines comme de la lave. Tout son corps se mit à frémir d'une excitation presque insupportable de douceur, qui culmina en une explosion de sensations extraordinaires.

Son cri d'extase mourut sur les lèvres d'Angelo. Ils échangèrent un baiser d'une suavité et d'une tendresse bouleversantes qui prolongea pendant un moment infini le sentiment merveilleux d'intimité qu'elle éprouvait.

Quand elle reprit contact avec la réalité, elle se trouvait dans les bras d'Angelo et jamais elle ne s'était sentie aussi bien. Enveloppée par son parfum épicé envoûtant, le visage pressé contre la laine légère de sa veste, elle percevait les battements sourds du cœur d'Angelo contre sa joue.

Elle savourait l'indescriptible bonheur qu'elle venait de vivre, quand une impression étrange s'insinua en elle, comme si elle n'avait jamais connu le plaisir sexuel jusqu'à présent. Cette idée incongrue la fit rire.

— Pourquoi ris-tu ?

Elle se contenta de secouer la tête sans répondre. Elle ne voulait pas risquer qu'il l'accuse encore de jouer la comédie, alors qu'elle ne songeait qu'à poursuivre cette expérience magique et bouleversante.

Il n'insista pas. La lueur qu'elle vit danser dans le regard d'Angelo la fit fondre davantage. Il était visiblement aussi excité qu'elle.

Il la souleva contre lui et franchit la distance qui les séparait du lit, où il la déposa, avant de s'allonger sur elle. Elle sentit immédiatement son érection contre son ventre. Les battements de son cœur s'affolèrent, ce qui ne l'empêcha pas de nouer les bras autour de ses épaules.

Angelo murmura des paroles en italien qui ressemblaient à des jurons. Puis, avant qu'elle puisse le retenir, il s'écarta en se haussant sur ses bras. Leurs souffles rauques se mêlèrent tandis qu'ils se dévisageaient.

— Tu as envie de moi, murmura-t-elle, sans savoir si c'était un défi ou une invitation.

— Je ne devrais pas.

— Pas plus que moi, après la façon dont tu m'as insultée.

Elle crut sentir qu'il se figeait. Quand il lui parla de sa voix rauque pleine de suavité, elle sentit la pointe de ses seins se dresser.

— Mais tu en as envie, n'est-ce pas, Ally ?

Tout en parlant, il avait commencé à lui titiller les mamelons à travers l'étoffe de la robe.

— Ou as-tu peur de le dire à voix haute ?

L'insinuation l'arracha à la langueur dans laquelle il l'avait plongée. Elle n'allait pas le laisser fanfaronner sans réagir ! Glissant la main vers le bas-ventre de son compagnon, elle se mit à le caresser entre les jambes. Elle adora le gémissement qu'il échappa, et le frémissement qui secoua son corps viril.

— Et toi, tu as envie de moi, Angelo. C'est réciproque, alors arrête de prétendre que tu n'es pas intéressé.

— C'est vrai. Tu me rends fou depuis le moment où je t'ai trouvée sur ma plage.

Cet aveu emplit Ally d'allégresse.

— C'est bien, murmura-t-elle dans un souffle. Parce que tu me fais le même effet.

Une fois qu'elle eut prononcé ces paroles, un merveilleux sentiment de liberté l'envahit. Pendant quelques instants, ils restèrent encore immobiles. Puis il recula et il s'assit sur le lit. Après s'être débarrassé de sa veste, il lui ôta ses sandales. Cela aurait pu être un geste banal, dénué d'érotisme, s'il ne s'était pas mis à lui masser doucement les pieds. Ses paupières se fermèrent d'elles-mêmes tandis qu'elle savourait la sensualité de cette caresse. Cet homme s'y connaissait en zones érogènes ! Elle n'en revenait toujours pas d'avoir eu déjà un orgasme alors qu'ils étaient tous les deux encore habillés.

Enfin, les mains masculines remontèrent le long de ses jambes, se glissèrent sous sa robe, et il lui ôta sa culotte. Contre toute attente, il ne s'allongea pas sur elle. Quand elle rouvrit les yeux, elle vit qu'il s'était agenouillé entre ses cuisses écartées.

Leurs regards fiévreux se rencontrèrent et l'atmosphère fut soudain brûlante. Ally sentit son pouls battre dans le creux de ses hanches. Comme s'il avait deviné ce qu'elle ressentait, Angelo sourit. C'était un sourire sublime, où le désir se mêlait à un appétit féroce. Comprenant ce qu'il s'apprêtait à faire, elle se redressa sur ses coudes.

— Angelo, non !

Elle voulait, la prochaine fois qu'elle exploserait de plaisir, que ce soit avec Angelo et non seule.

— C'est *toi* que je veux, ajouta-t-elle. S'il te plaît, Angelo.

Elle sentit qu'elle rougissait violemment. C'était ridicule ! Ils avaient couché ensemble de nombreuses fois et d'après ce qu'Angelo lui avait dit, elle n'était pas farouche. C'était d'autant plus surprenant qu'elle n'avait pas eu un tel accès de pudeur quand elle avait joui contre lui quelques instants auparavant.

Elle laissa échapper un soupir de soulagement quand il se redressa et que, soutenant son regard, il commença à se déshabiller. Enfin.

Elle contempla avidement les épaules musclées et le torse sculptural qu'elle avait tellement admirés quand ils avaient nagé tous les deux. Il était tout simplement sublime. Qu'éprouverait-elle lorsqu'ils s'enlaceraient, nus tous les deux ?

— Enlève ta robe, Ally. Ou veux-tu que je m'en charge ?

Pour toute réponse, elle s'assit et s'attaqua fébrilement à la fermeture Eclair dans son dos, sans quitter du regard son compagnon qui défaisait sa propre ceinture avec un calme remarquable. Dans son impatience, elle tira la robe par-dessus sa tête, oubliant qu'elle ne portait pas de soutien-gorge. Quand elle sentit un souffle d'air sur ses seins nus, elle s'immobilisa, les bras levés. Elle perçut un son étouffé, puis la voix rauque, méconnaissable d'Angelo :

— Continue.

Angelo déglutit péniblement tandis qu'il la contemplait. La précipitation avec laquelle elle avait enlevé sa robe l'avait décoiffée et, avec ses joues rosies, elle était belle à couper le souffle.

Il sentit le poids de son regard quand elle baissa les yeux vers son sexe fièrement dressé. La surprise qui se peignit sur ses traits féminins l'intrigua. Il songea aussi qu'autrefois elle n'avait jamais refusé qu'il lui fasse l'amour avec la bouche.

Alors qu'il avait douté de son amnésie quand il l'avait vue avec Oliver – sans doute aiguillonné par la jalousie –, il ne savait plus que penser à présent.

Mais il n'avait aucune envie de s'attarder sur ces questions. Il préférait se concentrer sur les merveilles qu'elle venait de lui dévoiler : le contraste admirable entre ses seins rebondis et la finesse de sa taille, qui s'évasait en une courbe douce sur ses hanches…

Le triangle de poils blond foncé entre ses cuisses le surprit. Avant, elle était complètement épilée, en prévision des séances de photos pour les maillots de bain. Mais ce côté naturel lui plaisait. Même cette façon qu'elle avait de rougir le séduisait. Cela augmentait sa sensation de vivre quelque chose de spécial et de nouveau.

— Tu es encore plus belle que dans mon souvenir.

Les extraordinaires prunelles bleues rencontrèrent les siennes. Un frisson délicieux le parcourut quand il vit qu'elle était aussi excitée que lui. Sans la lâcher des yeux, il revint dans le lit. Lorsqu'il prit son visage en coupe entre les mains, la douceur du regard qu'elle leva vers lui le bouleversa. Que se passait-il ? Il pensait connaître cette femme et pourtant, en dépit du passé, ce moment lui parut unique. Il n'avait jamais été si près de perdre le contrôle si rapidement.

Résolu à se maîtriser afin que tous deux profitent au maximum d'un plaisir mutuel, il se pencha pour effleurer les lèvres d'Ally d'un baiser léger.

Poussant un soupir, elle noua les bras autour de son cou et l'attira, comme si elle voulait l'avoir pour elle toute seule. Cette idée lui plut. Tout comme lui plurent les petits souffles qu'elle laissait échapper tandis qu'il l'embrassait.

— J'adore te tenir dans mes bras, murmura-t-il contre ses lèvres.

— Moi aussi.

Elle bougea imperceptiblement et il s'immisça entre ses cuisses, savourant la sensation de sa chaleur contre la sienne. Le contact de leurs corps nus fut comme une étincelle qui l'embrasa. Oubliant sa résolution de prendre son temps, il écarta du genou les jambes de sa compagne, puis il descendit la main de ses seins vers son ventre et enfin, entre ses cuisses. Quand il eut trouvé le bourgeon hyper sensible du cœur de sa féminité, il entreprit de le taquiner avec le doigt. Il sourit lorsqu'il la sentit frémir et se tendre. Il approfondit son exploration et elle se cambra comme pour mieux s'offrir à sa caresse. De toute évidence, elle était aussi impatiente que lui. Le temps des préliminaires était définitivement terminé.

Levant la tête pour regarder le visage d'Ally, il passa l'une des jambes de la jeune femme sur sa hanche et il se positionna. Ses paupières à moitié baissées laissaient entrevoir ses yeux langoureux qui étaient une invitation en soi.

Angelo souriait toujours quand il la pénétra. C'était encore mieux que ce dont il avait rêvé. L'expression d'Ally, la douceur de son corps, cette chaleur exquise dans laquelle il s'immergeait. Il se sentait comme un héros sur le point de conquérir le plus magnifique des trophées. S'abandonnant à l'appel de la félicité, d'un coup de reins, il plongea dans le paradis… Pour se figer aussitôt, mais… trop tard. La brève résistance qu'il avait rencontrée avait cédé.

Au même moment, Ally se raidit. Toujours immobile, il scruta son beau visage crispé par la douleur.

Une pensée essayait de se frayer un chemin dans son cerveau, mais il la repoussait comme étant impossible. Toutefois, quand il vit les larmes qu'Ally retenait difficilement noyer ses yeux, il réalisa qu'il ne rêvait pas.

Ally était vierge !

10.

Le choc passé, Ally vit qu'Angelo fronçait les sourcils et elle sentit qu'il se retirait d'elle.

— Non ! Ne bouge pas ! supplia-t-elle en s'agrippant aux épaules de son amant pour le retenir.

La douleur commençait à se dissiper, maintenant qu'il s'était immobilisé. Elle prit une profonde inspiration, laissant son corps s'habituer à cette sensation étrange et nouvelle. Par quel mystère avait-elle ressenti cette brûlure fulgurante, alors qu'ils avaient déjà fait l'amour ensemble ? Alors qu'elle en mourait d'envie ? La réponse était évidente, mais trop déroutante pour y réfléchir maintenant. D'autant que le sentiment d'inconfort qu'elle avait d'abord éprouvé s'était mué en curiosité. Elle voulait goûter aux plaisirs que les préliminaires lui avaient permis d'entrevoir.

— Tu peux bouger maintenant, dit-elle.

Consternée, elle constata qu'Angelo se retira totalement. Il semblait tendu à craquer.

— Pas comme ça ! protesta-t-elle, désemparée.

— Que veux-tu, Ally ?

— C'est toi que je veux. S'il te plaît, ne t'arrête pas.

— Nous ne pouvons pas. Tu n'es pas…

— Ça n'a aucune importance. J'ai envie de toi, Angelo.

Ravalant sa fierté, elle posa la main sur la joue de son compagnon, avant de reprendre :

— J'ai *besoin* de toi. Ne me laisse pas tomber maintenant.

Il soutint son regard pendant un moment qui lui parut interminable. Elle voyait qu'il était profondément troublé. Finalement, il capitula et il se rallongea sur elle.

La délicatesse avec laquelle il la pénétra de nouveau permit à Ally de goûter chaque sensation incroyable qu'il lui procurait.

— Je te fais mal ? demanda-t-il d'une voix étouffée.

— Non. C'est étrange, mais pas désagréable.

Angelo eut un petit rire et elle comprit qu'il était habitué à des compliments un peu plus appuyés de la part de ses partenaires.

— Je suis désolée, je ne voulais pas dire…

— Ne sois pas désolée. Tu es honnête, c'est ce qui compte.

Elle sut qu'il était sincère. Tout comme elle sut qu'il maîtrisait – difficilement – son propre désir pour ne pas la brusquer. La suite fut une révélation. Comment un homme aussi grand, tellement fort, pouvait-il faire preuve de tant de douceur ? Sa prévenance l'émerveillait autant que son don pour découvrir des zones érogènes qu'elle-même ignorait posséder. Chacun de ses mouvements, chacune de ses caresses, était d'une lenteur ensorcelante et déclenchait en elle une avalanche de sensations exquises. Mais elle n'était pas en reste. À son tour, elle explora ce corps viril qui la fascinait et, aux râles qu'elle lui arrachait, elle constatait avec satisfaction que lui également disposait de certains endroits particulièrement sensibles.

Elle se grisait de l'odeur d'Angelo, où flottaient des effluves discrets d'eau de toilette. Elle savourait sur sa langue le goût de la peau tiède de son compagnon et elle aimait le sentir tressaillir de plaisir sous ses caresses.

Elle allait de découverte en découverte. Des sensations de plus en plus intenses l'assaillaient, jusqu'à ce qu'elle perçoive une émotion monter en elle, irrésistible et brûlante. Dans un accès de panique face à l'inconnu, elle se figea.

— Laisse-toi aller, *cara*. Pour moi.

Le murmure d'Angelo effleura l'oreille d'Ally, puis il lui en mordilla le lobe et soudain, elle se cambra et elle suivit le rythme plus rapide qu'il imprimait à ses hanches.

— Angelo !

Sa voix se brisa tandis qu'un orgasme dévastateur la submergeait. Une seconde plus tard, au vif tressaillement qui secoua son amant, elle comprit qu'il la rejoignait sur les sommets de l'extase. Intimement enlacés, ils se laissèrent emporter par les vagues du plaisir. Ce qu'elle vivait n'était pas comparable à la jouissance qu'elle avait connue plus tôt. C'était bien plus intense, plus profond et bien plus que ce à quoi elle s'était préparée.

Quand elle revint à la réalité, Angelo avait la tête nichée dans le creux de son cou et elle sentait les battements sourds de son cœur contre sa poitrine.

L'instant suivant, il marmonna quelques paroles incompréhensibles, puis il s'arracha à son étreinte. Ally ne put retenir un faible cri de protestation, qui mourut sur ses lèvres quand il se contenta de rouler sur le dos. Allongés côte à côte, leurs corps se touchaient toujours.

En proie à une véritable tempête émotionnelle, elle refusa d'analyser ses sentiments, par peur de ce qu'elle risquait de découvrir. Elle se creusait la cervelle pour trouver quelque chose à dire quand Angelo se leva et se dirigea vers la salle de bains sans un mot.

Cette attitude l'étonna. Mais à quoi s'était-elle attendue ? Des mots doux ? Pourquoi ? Ils avaient couché ensemble, c'était du sexe, purement et simplement. Échauffés par leur dispute, ils avaient succombé au désir brûlant qui les poussait l'un vers l'autre depuis des jours. Il ne rimait à rien de chercher une explication différente à ce qui venait de se passer.

Malgré cette certitude, elle ne pouvait s'empêcher de repenser à l'expression d'Angelo quand il l'avait pénétrée pour la seconde fois. La patience et la délicatesse dont il avait fait preuve. Plus que cela, elle avait senti une véritable tendresse, presque de la vénération. Se pouvait-il que, en dépit des circonstances, ils partagent quelque chose de spécial ? Elle avait l'impression que ce qui s'était passé dépassait le simple désir charnel. Mais qu'en savait-elle ? Elle était vierge.

Cette prise de conscience fut comme un choc sismique qui ébranla les quelques certitudes qu'elle avait réussi à rassembler. Si elle était vierge, elle ne pouvait pas être celle qu'Angelo croyait.

Dans ce cas, qui était-elle ?

L'angoisse de l'inconnu, qu'elle n'avait plus éprouvée depuis des jours, l'envahit de nouveau.

Les mains appuyées sur le marbre du lavabo, Angelo fixait son reflet dans le miroir. Il était le même et pourtant, il se sentait totalement différent. Son corps vibrait encore du puissant orgasme qu'il venait de ressentir, mais un sentiment de culpabilité et d'effroi ternissait l'extase dans laquelle il flottait toujours. Comment pouvait-il s'émerveiller du plaisir inouï qu'il avait pris dans les bras d'Ally, malgré les implications qui en découlaient ?

Comment avait-il pu se fourvoyer à ce point ?

À sa décharge, faire l'amour avec Ally n'était que la conclusion inévitable d'une succession d'événements. Inévitable, dès l'instant où ils étaient entrés dans sa chambre, bouillonnants de colère dans le feu de leur dispute. Et bien avant…

Quand elle était apparue dans le salon, vêtue de cette robe bleue moulante, quelque chose dans son cerveau avait disjoncté. Il avait échoué à la faire renoncer à aller à la fête, car il savait que la seule option était de passer la soirée à la maison avec elle et, étant donné l'attirance qui le dévorait, c'était inconcevable.

Angelo essaya de se trouver des excuses en se répétant que le désir – ou plutôt la passion proche du désespoir qui les avait emportés – était mutuel.

Mais à quoi bon toutes ces explications, quand l'essentiel tenait en quelques mots. Il n'avait pas couché avec son ex-femme, il avait défloré une vierge. Une innocente qui confondait sans doute l'attirance incroyable qui existait entre eux avec l'amour. Le fait qu'elle ait été consentante ne diminuait pas son sentiment de culpabilité, auquel s'ajoutait la honte au souvenir de la façon dont il l'avait traitée dès son arrivée. Il avait déversé sa colère et son mépris sur elle, alors qu'elle n'était pas Alexa, mais une inconnue.

À ce stade de ses réflexions, il se dit qu'il était temps de retourner auprès d'Ally pour voir comment elle allait, au lieu de s'accabler de reproches.

Elle n'avait pas bougé. Quand il s'assit sur le lit à côté d'elle, elle ne leva pas la tête, mais il savait qu'elle avait dû sentir le matelas s'enfoncer sous son poids. Constatant qu'elle frissonnait, il remonta la couverture pour cacher sa nudité. Il s'interrompit lorsqu'il aperçut la petite tache de sang sur le drap derrière elle. Son cœur se serra. Pourquoi n'avait-il pas suivi son instinct quand il s'était écarté d'elle dès qu'il avait compris ? Tout simplement parce qu'il avait été incapable de résister alors qu'elle l'avait littéralement supplié de lui faire l'amour.

Et parce que, au fond, tu n'avais pas envie de la quitter.

— Ally ? Dis quelque chose. Tu as mal ?

Finalement, elle redressa la tête. Il fut soulagé de constater qu'elle ne pleurait pas, mais ses remords ne partirent pas pour autant, car elle était pâle et avait l'air épuisée.

— Non, je vais bien.

— On ne dirait pas.

Il fut surpris de l'entendre rire.

— Merci pour le compliment. Quelle femme ne rêverait pas d'entendre ça !

— Tu trembles, c'est normal que je m'inquiète. Tu n'imagines pas à quel point je suis désolé. Si j'avais su…

— Tu ne savais pas. Et moi non plus.

— Je n'en reviens toujours pas. Comment ne l'ai-je pas compris plus tôt ?

Sans doute parce que la ressemblance entre cette inconnue et son ex-femme était frappante. La même ossature délicate du visage, la ligne de la bouche et du nez, la gestuelle aussi. Et puis il y avait ces yeux. Leur couleur était tellement rare qu'il n'avait pas imaginé un instant que deux personnes puissent posséder la même. Ally aurait pu être la sœur jumelle d'Alexa, si celle-ci ne lui avait pas dit qu'elle était fille unique.

— Je dois beaucoup lui ressembler, dit Ally, faisant écho à ses pensées.

L'expression de la jeune femme était indéchiffrable, mais il perçut une foule d'émotions derrière ses paroles. Il acquiesça. Que pouvait-il dire ? Il écarta d'une caresse les cheveux du visage d'Ally. Son cœur se gonfla de tendresse, et de remords pour la douleur qu'il lui avait infligée, mais pas d'avoir fait l'amour avec elle. Ça, il n'arrivait pas à le regretter.

— Je t'ai fait très mal ?

Il n'avait jamais fait l'amour avec une femme vierge.

— Seulement un peu, au début, dit-elle.

— Si j'avais su, j'aurais fait plus attention, dit-il, avant de se reprendre : si j'avais su, je ne t'aurais jamais touchée.

Du moins, il espérait qu'il en aurait été capable. Mais il doutait à présent de sa force de volonté. Jamais aucune femme n'avait ainsi menacé son self-control.

— Arrête !

Surpris, il la sentit gigoter, puis repousser sa main. Il eut l'impression qu'elle érigeait une barrière entre eux.

— Ally, je suis désolé.

— Arrête de répéter ça ! Il n'y a rien à regretter.

Elle prit une profonde inspiration et il dut faire un effort pour ne pas fixer sa poitrine qui se soulevait sous la fine couverture.

— Ce n'est pas un drame, poursuivit-elle. C'était du sexe, c'est tout. Des millions de gens le font tout le temps. Tu as pensé à mettre un préservatif, il n'y a donc aucun risque de ce côté.

Ses traits tendus démentaient sa désinvolture.

— Et si ce n'était pas aussi bien pour toi que d'habitude… Je suis sûre que tu t'en remettras.

— Pas aussi bien que d'habitude ? s'exclama Angelo, stupéfait.

Le fait qu'elle ait qualifié ce qui s'était passé entre eux de « juste du sexe » lui avait déjà porté un coup, et maintenant, elle sous-entendait que c'était médiocre !

Ally détourna la tête, car Angelo était toujours nu – nudité qui ne semblait pas le préoccuper, mais qui la troublait au plus haut point. Avec une anatomie aussi sublime, pas étonnant qu'il soit à l'aise sans ses vêtements. Contrairement à elle. Il avait probablement connu – et satisfait – beaucoup de femmes. Le simple souvenir des caresses qu'il lui avait prodiguées, de sa bouche qui explorait son corps, du plaisir qu'il avait savamment fait naître en elle avant qu'il explose en une merveilleuse apothéose, la faisait encore frissonner.

— Ally…

— Non, je t'en prie. Ne t'excuse pas encore une fois.

Elle n'avait pas envie de l'entendre répéter ces excuses qui la confortaient dans l'idée qu'il regrettait d'avoir cédé à l'impulsion de faire l'amour avec elle. Malgré son ignorance, elle avait compris que son désir masculin avait été aiguillonné par la colère qu'il éprouvait envers son ex-femme. Maintenant, il déplorait ce qui pour elle avait été une expérience extraordinaire. N'avait-il pas précipitamment quitté le lit sans un mot ?

— Je n'allais pas m'excuser. Je voulais te dire que ce que

nous venons de partager était tout sauf médiocre. C'était fantastique.

Désarçonnée par cette annonce inattendue, elle se tourna vers lui. Elle aurait voulu le croire, mais en même temps elle se demandait s'il ne disait pas cela pour lui faire plaisir. Il soutint son regard sans ciller, mais cela ne prouvait rien.

— Je suis heureuse que tu le penses, dit-elle prudemment.

— Bien sûr que je le pense ! C'était… spectaculaire, insista-t-il.

Oui, cela avait été spectaculaire. Pour elle du moins. Mais elle ne pouvait pas croire qu'il était complètement sincère. Certes, il avait joui, mais le sexe avec une vierge inexpérimentée pouvait-il se comparer à celui avec une compagne aussi chevronnée que lui l'était ? *Avec quelqu'un comme son ex-épouse…*

La femme avec laquelle il avait cru coucher.

Ally réalisa alors ce que cela impliquait : il désirait toujours Alexa, malgré ses trahisons. À cette pensée, son estomac se noua. Voilà pourquoi il avait voulu se retirer dès qu'il avait compris qu'elle ne pouvait pas être Alexa. S'il avait continué, c'est parce qu'elle l'avait supplié. Une bouffée de honte la submergea. Il avait fait l'amour avec elle par pitié.

— Nous sommes donc d'accord, dit-elle d'un ton faussement enjoué. C'était très agréable et maintenant, c'est fini.

À son grand étonnement, il s'empara d'une de ses mains, qu'il posa sur sa cuisse. Sous sa paume, Ally sentit la chaleur de son corps viril, le jeu des muscles puissants et les poils drus. Ce simple contact suffit à raviver son désir.

Comme si, après avoir couché avec elle une fois, Angelo avait envie de recommencer ! Ne voulant surtout pas qu'il devine le fond de sa pensée, elle garda les yeux baissés. Malgré elle, son regard remonta jusqu'au sexe de son amant. Elle déglutit péniblement. Ce n'était pas étonnant qu'elle ait eu un peu mal au début. Angelo était un homme imposant à tous les égards.

— C'était beaucoup plus que « très agréable », Ally.

L'intonation suave de sa voix grave l'effleura comme une caresse hautement érotique et la pointe de ses seins se dressa. Horrifiée par cette réaction, elle leva machinalement les yeux et leurs regards se croisèrent. Cela ne pouvait pas continuer ainsi, elle devait absolument se ressaisir.

— Et maintenant c'est fini, répéta-t-elle. Il est temps de passer à autre chose.

Il haussa un sourcil dubitatif, mais elle refusa de revenir en arrière. Elle ne voulait plus être une victime ni un objet de pitié.

— Mais alors, Angelo, si je ne suis pas Alexa Barrett, ton ex-femme, qui suis-je ?

11.

— J'aimerais bien le savoir.

Angelo détestait voir le désarroi dans les yeux magnifiques d'Ally. Tout comme il détestait le ton détaché qu'elle avait pris pour lui annoncer qu'ils ne coucheraient plus ensemble. Sur ce point, il était toutefois obligé de reconnaître qu'elle avait raison. Il était hors-jeu avec elle, et ce depuis le début.

Ce qui n'empêchait pas qu'il soit encore tout étourdi après l'expérience sexuelle la plus mémorable qu'il ait jamais vécue. Et ce n'était pas une exagération. De toute évidence, Ally n'avait pas eu la même impression. Il pensait avoir réussi à lui faire oublier la douleur initiale, mais peut-être que, malgré l'orgasme qu'elle avait eu, elle avait trouvé l'acte trop brutal.

S'il avait su, il aurait fait beaucoup plus attention.

Non ! S'il avait su, il aurait déniché un moyen de lui résister !

— Nous allons découvrir qui tu es, dit-il. Fais-moi confiance, j'ai les ressources nécessaires.

Pendant d'interminables secondes, le regard lavande d'Ally fouilla le sien et il aurait donné la moitié de sa fortune pour savoir ce qu'elle pensait. Se pouvait-il que, en dépit du choc qu'elle venait de recevoir, elle aussi sente qu'il y avait quelque chose entre eux ? Même en ce moment, il percevait ce lien, beaucoup plus fort que quoi que ce soit qu'il ait ressenti pour Alexa.

— Je l'espère, dit-elle finalement. C'est plutôt rude de ne pas savoir qui on est.

— Il faut voir le bon côté des choses, dit-il d'un ton qu'il essaya de rendre léger. Nous savons déjà que tu n'es pas mon ex-épouse.

Égoïstement, il était heureux qu'elle ne soit pas la femme qu'il avait appris à mépriser.

Sa remarque la fit éclater de rire.

— Tu as raison, dit-elle. Chaque fois que tu me parlais d'elle, c'était pour m'apprendre des choses terribles. J'en venais à redouter chaque nouvelle révélation. Je suis soulagée de savoir que ce n'était pas moi.

Elle s'était rapidement ressaisie et il admira son courage, sa force de caractère et son optimisme, même s'il soupçonnait cette assurance d'être partiellement une façade.

— Tu disais que tu t'es soudain sentie un peu bizarre à la fête. Mais le temps que nous revenions ici, tu avais l'air d'aller très bien. Tu penses qu'il faut en parler au médecin ?

— Non, ce n'était pas ce genre de malaise, dit-elle en secouant sa chevelure de miel. C'est assez confus, mais c'était plus une impression que le souvenir d'un événement précis.

Son estomac se noua. Le passé d'Ally était-il à ce point terrible pour que les réminiscences l'affectent aussi durement ? Le médecin avait émis la possibilité d'un traumatisme qui pourrait expliquer son amnésie par un mécanisme d'autodéfense.

Elle mordilla sa lèvre inférieure. Elle eut de nouveau l'air vulnérable. Angelo aurait voulu la prendre dans ses bras et lui promettre que tout allait s'arranger, mais il se retint. Il n'avait pas le droit de la toucher sans y être invité, malgré l'envie qui le démangeait.

— Je me suis sentie… bouleversée. Mais j'ignore pourquoi.

Percevant l'inquiétude dans sa voix, il voulut la rassurer.

— N'y attache pas trop d'importance. Retrouver la

mémoire est un processus chaotique. C'est normal que tu sois déstabilisée.

— Tu as raison.

Elle fronça son nez de cette façon qu'il adorait, puis elle lui lança un regard de côté.

— Malgré ce qui vient de se passer, dit-elle en montrant le lit… Je suppose qu'il est impossible que je sois elle ?

— Absolument impossible.

Ally ne faisait pas la différence entre expérience sexuelle banale et extraordinaire, mais il ne pouvait pas y avoir de doute sur sa virginité. Il faillit lui parler de la trace de sang sur le drap, mais il se ravisa, ne voulant pas risquer de l'embarrasser.

— Ce qui signifie que je ressemble vraiment à Alexa. C'est très bizarre.

— Je comprends ce que tu veux dire. La ressemblance est troublante.

Au moment où il prononçait ces paroles, il eut une idée qui le fit bondir. En quelques secondes, il avait trouvé son téléphone dans la poche de son pantalon. Il se rassit près d'Ally et commença à chercher.

— Je vais te montrer.

— Tu as gardé une photo d'elle ?

— Non, mais ce ne sera pas difficile à trouver. Tiens.

Après une rapide recherche sur les réseaux sociaux, il tendit son téléphone à Ally.

— Elle est sublime ! s'exclama-t-elle.

Angelo se pencha pour regarder plus attentivement la photo prise alors qu'Alexa et lui arrivaient à un événement mondain à Rome. Elle portait une robe-fourreau d'un violet profond qui épousait son corps et dont la fente laissait entrevoir une jambe parfaitement galbée.

— Vous vous ressemblez comme deux gouttes d'eau.

— Pas du tout ! Nos traits et nos silhouettes sont très similaires, mais elle est glamour et incroyablement posée.

— T'es-tu regardée dans le miroir, ce soir ? Tu es tout aussi sublime. Même davantage, car chez toi, tout est naturel.

— Tu n'as pas de photo de votre mariage ? demanda-t-elle.

À ce souvenir, il se crispa.

— Non. C'était une cérémonie privée à laquelle assistaient seulement ma mère et ma sœur. Avec un bébé soi-disant en route, nous n'avons pas voulu attendre. Et Alexa préférait un mariage très simple… Tiens, en voilà une autre.

Il lui redonna le téléphone. Il ne put s'empêcher de frémir quand leurs doigts s'effleurèrent brièvement. Troublé par sa réaction, il se concentra sur l'image qui montrait Alexa en train de défiler, vêtue d'un de ces maillots de bain destinés à ne jamais être mouillés.

— Tu as raison, admit Ally. Nous nous ressemblons beaucoup, sauf que nous avons deux tailles de vêtements d'écart.

Il se retint de lui assurer qu'il préférait ses courbes féminines à la minceur un peu excessive d'Alexa, car ce n'était pas ainsi qu'il parviendrait à garder ses distances.

— Et regarde ça, poursuivit-elle en agrandissant la photo. Elle n'a pas de cicatrice.

Ally lui rendit son téléphone et repoussant les draps, elle révéla le haut de sa cuisse. La bouche d'Angelo s'assécha au souvenir de la douceur satinée de sa peau. Sous l'assaut d'un regain de désir, il serra le mobile dans sa main. Elle se tourna légèrement et il vit, sur sa hanche, une fine cicatrice pâle qu'il n'avait pas remarquée auparavant.

— Une preuve de plus que tu n'es pas elle. La cicatrice a l'air ancienne.

— Je l'ai depuis aussi longtemps que je me souvienne. Gran disait que j'étais tombée d'une balançoire…

Sa voix s'éteignit et elle pâlit.

— Tu vas bien ?

— Je… je me souviens *presque* de sa voix. La voix de ma grand-mère. Je devrais m'en réjouir, mais c'est un autre sentiment que je ressens.

— Comment puis-je t'aider, Ally ? questionna-t-il, bouleversé par la détresse qu'il lisait sur son visage.

— Ça t'ennuierait de me prendre dans tes bras ? demanda-t-elle d'une voix blanche. Je ressens un grand froid intérieur. Je sais que c'est idiot, mais je me sens soudain terriblement seule.

Son ton hésitant lui fendit le cœur. Après tout ce qu'elle avait enduré, c'était normal qu'elle ait besoin de réconfort. Il déposa son téléphone sur la table de chevet. Puis il ramassa son boxer par terre et l'enfila, car il ne se jugeait pas capable de partager le lit avec elle alors qu'il était nu. Enfin, il se glissa sous les draps à côté d'elle et l'attira contre lui. Sa tête reposait contre son épaule, sa chevelure chatouillait son torse et il sentit son corps souple pressé contre le sien. Il l'enlaça sans la serrer.

— Dors maintenant. Tout ira mieux demain matin.

Elle hocha la tête en guise d'acquiescement et il huma avidement le doux parfum de sa peau féminine que ce mouvement avait fait monter jusqu'à ses narines. Mais cette fois, il sut résister à la tentation qu'elle incarnait, car les besoins d'Ally passaient avant l'assouvissement de son désir, aussi puissant soit-il.

Quand Ally se réveilla, elle ressentit immédiatement une merveilleuse sensation de chaleur. Elle réalisa qu'elle était couchée en chien de fusil et qu'Angelo était allongé derrière elle, son bras pesant sur sa taille. C'est de lui qu'émanait cette chaleur qu'elle s'autorisa à savourer un instant.

— Tu es réveillée ?

La profonde voix masculine l'enroba comme l'enveloppaient ses bras, ravivant un appétit charnel qu'elle pensait pourtant avoir satisfait. Troublée par cette résurgence de son désir, elle voulut se convaincre que c'était parce qu'il était son premier amant. Mais elle se doutait que ce n'était pas aussi simple. Dès le début, elle avait été attirée par Angelo. Même quand ils étaient à couteaux tirés, il y avait toujours eu entre eux cette tension purement sexuelle.

Et elle était encore présente, même si sa fierté lui ordonnait de garder ses distances avec lui. N'avait-il pas couché avec elle en la prenant pour une autre ? Il était évident qu'il la désirait parce qu'elle était le sosie de la femme qui continuait de le hanter. Ravalant sa déception, elle ouvrit les yeux et vit qu'il faisait grand jour.

— Tu es resté toute la nuit ? demanda-t-elle en se retournant vers lui.

— Tu avais besoin de moi.

Cette explication toute simple fit s'accélérer les battements de son cœur. Au prix d'un effort considérable, elle se retint de protester quand il ôta le bras de sa taille et qu'il sortit du lit.

— Merci, Angelo. C'était très gentil de ta part.

— Gentil ? répliqua-t-il en s'immobilisant. C'est le moins que je puisse faire après…

Il n'acheva pas sa phrase, mais elle comprit qu'il était mal à l'aise d'avoir couché avec elle. Et il n'avait pas envie de recommencer. Ne voulant pas lui montrer à quel point elle était déçue, elle afficha un sourire dont elle espérait qu'il ferait illusion.

— Je tenais quand même à te remercier.

Cette fois, il soutint son regard et la tension sexuelle crépita de nouveau entre eux. Était-elle la seule à la ressentir ?

— Je vais demander à Rosetta de t'apporter le petit déjeuner.

À travers ses paupières à moitié baissées, elle le regarda se rhabiller. Ses mouvements étaient rapides. Pourquoi était-il si pressé ? Ne voulait-il pas rester près d'elle un instant de plus ? Peut-être redoutait-il qu'elle accorde une importance disproportionnée au fait qu'ils aient couché ensemble ? Quoi qu'il en soit, elle ne put se retenir de lui poser la question.

— Et toi, que vas-tu faire ?

— Commencer les recherches pour savoir qui tu es et d'où tu viens. Avec un peu de chance, et tous les moyens dont je dispose, ça ne devrait pas prendre trop longtemps.

— Génial ! Merci.

Elle allait enfin savoir qui elle était et elle pourrait reprendre le cours normal de sa vie. Pourquoi, alors, était-elle désolée à l'idée de quitter la villa ? Ou plutôt : à l'idée de quitter Angelo Ricci.

Elle ne représentait rien aux yeux de cet homme. Il avait beau répéter qu'il méprisait Alexa, la haine était un sentiment puissant, et en cela, proche de l'amour, car tous deux impliquaient la passion. Ally s'était retrouvée malgré elle mêlée à cette histoire compliquée et elle se demandait à présent si elle n'était pas éprise de celui qui la considérait seulement comme une pâle imitation de la femme qu'il avait chérie autrefois.

Au milieu de toutes les inquiétudes liées à son amnésie et à son avenir incertain, cette pensée était la plus terrifiante de toutes.

12.

Après avoir passé plus d'une semaine à croire qu'elle était l'ex-femme d'Angelo, Ally était revenue au point de départ. Elle ignorait toujours qui elle était. Enfin, pas tout à fait au point de départ car, à présent, elle se demandait si elle n'était pas éprise du sublime Italien. Mais pouvait-on tomber amoureuse d'un homme qu'on côtoyait seulement depuis quelques jours ?

Angelo continuait à se comporter en hôte parfait, veillant à ce que son séjour se déroule au mieux pendant qu'il poursuivait ses recherches sur sa véritable identité. *Car il voulait la voir partir dès que possible.*

Et pendant ce temps, elle ne songeait qu'à revivre le déferlement sensuel qu'elle avait connu dans ses bras. Elle n'arrivait tout simplement pas à oublier cet interlude magique où il l'avait entraînée dans un monde nouveau et merveilleux. Grâce à lui, elle avait découvert que le sexe était bien plus qu'une expérience purement physique.

De toute évidence, Angelo ne partageait pas ses sentiments et elle devait renoncer à ses rêves d'étreintes passionnées.

Résolue à ne pas se laisser abattre, elle enfila les gants de jardinage en cuir et contempla le rosier volumineux devant elle.

— Ally ?

Au son de sa voix masculine, une douce chaleur l'envahit, qui se mua en excitation quand elle pivota sur elle-même et que leurs regards se rencontrèrent. Comment réussissait-il à être plus sublime à chacune de ses apparitions ? Elle pria pour que sa voix ne trahisse pas son émoi.

— Salut, Angelo.

— Enzo t'autorise à t'occuper seule des rosiers ? demanda-t-il en désignant le sécateur qu'elle tenait à la main. Il doit sérieusement respecter tes talents de jardinière. Il ne quitte pas ma mère des yeux quand elle s'aventure dans la roseraie.

— Je suis chargée de couper les fleurs fanées. Ce n'est pas bien compliqué. Tu as du nouveau ? ajouta-t-elle.

— Malheureusement non. Mais je ne me décourage pas.

Elle partageait sa confiance, car elle savait qu'en plus de chercher à retracer son itinéraire en Italie, Angelo avait lancé des détectives sur la trace d'Alexa, persuadé qu'il existait un lien de parenté entre elles. Ces recherches ne tarderaient pas à porter leurs fruits.

— Je suis venu te proposer une excursion, poursuivit-il. Tu es ici depuis neuf jours et tu n'as pratiquement pas quitté la propriété. Que dirais-tu de visiter Capri ?

Même si elle ignorait ses motivations – désir de passer du temps en sa compagnie, ou sens du devoir ? – elle accepta sa proposition sans hésiter.

Un sourire creusa les joues d'Angelo, comme s'il se réjouissait de l'allégresse qu'elle n'avait pas réussi à masquer.

— Encore un peu de salade ?

Angelo lui tendit le saladier pour qu'elle puisse se resservir. Il aimait son enthousiasme pour la bonne cuisine.

Leur table se trouvait dans un coin un peu à l'écart sur la terrasse du restaurant et il devait admettre qu'il était plus fasciné par le spectacle de sa compagne en train de savourer les mets exquis préparés par un chef réputé que par la vue sublime.

— Tu plairais à ma mère, s'entendit-il dire à sa grande surprise.

— Ah bon ? Pourquoi ?

— Elle est un véritable cordon-bleu et elle aimerait la façon dont tu apprécies ce que tu manges.

Il la regarda déguster lentement le morceau de poisson qu'elle venait de porter à sa bouche. Baissant les yeux pour ne pas fixer ces lèvres roses, il but une gorgée de vin en essayant d'ignorer le début d'érection qui tendait son jean. Avec sa jolie robe et son chapeau à larges bords qu'ils avaient acheté sur le port, Ally irradiait de fraîcheur et elle était tout simplement irrésistible. Il devinait qu'elle ne savait pas à quel point elle était attirante et à quel point ses sourires étaient tentateurs. Elle avait ébloui le jeune marin qui leur avait fait visiter la Grotte bleue, au point qu'Angelo avait un instant redouté qu'il les suive et devienne importun.

Quant à lui-même, ils avaient fait l'amour deux jours auparavant et depuis, pas une heure ne s'était écoulée sans qu'il songe à recommencer.

— Je n'aime pas gaspiller la nourriture, reprit-elle. Surtout quand elle est aussi fabuleuse. Je sais le travail que représente un repas comme celui-ci. Même des pâtisseries toutes simples, comme une bonne vieille tarte aux pommes, nécessitent un véritable savoir-faire.

Si la signification de ses paroles échappa apparemment à Ally, elle ne fut pas perdue pour Angelo. En plus de jardinière, était-elle aussi cuisinière ?

— Et ce serait criminel de ne pas profiter au maximum de cet endroit.

D'un geste de la main, elle avait englobé la terrasse, perchée à flanc de coteau, avec sa vue sur la ville qu'elle surplombait et la mer qui changeait de couleur au gré de la course du soleil.

— Merci de m'avoir emmenée ici, Angelo. C'est magnifique !

Non, c'était son sourire qui était magnifique. Et son enthousiasme. Ses questions à propos des lieux qu'ils avaient visités dénotaient une curiosité intellectuelle et une mentalité foncièrement optimiste.

— Tout le plaisir est pour moi, Ally.

Cela faisait une éternité qu'il n'avait pas joué au touriste et, qui plus est, en y prenant tant de plaisir. Sa sœur avait raison quand elle l'accusait de trop travailler. Depuis son divorce, à l'exception de quelques galas de charité, il n'avait pratiquement plus de vie sociale.

— Je dois t'avouer quelque chose, Ally. Je me suis excusé pour mon attitude quand je pensais que tu étais Alexa, mais je crois que tu as droit à une explication.

Se confier sur sa vie privée ne lui venait pas naturellement, mais quand il vit son regard magnifique posé sur lui, cela ne lui sembla soudain plus une corvée. Il n'y lut aucun jugement, seulement un encouragement.

— Je ne t'ai jamais dit pourquoi la trahison d'Alexa m'avait si profondément marqué.

— Tu es un homme puissant, qui collectionne les succès sur le plan professionnel et habitué à prendre des décisions qui ont un impact sur un grand nombre de gens. Découvrir que tu pouvais être manipulé a dû porter un coup à ta confiance en ton jugement.

— Je suis si transparent que ça ? s'exclama Angelo, abasourdi par sa clairvoyance.

Elle haussa les épaules et il crut voir une brève lueur d'amusement dans son regard.

— Pas du tout. Au début, tu représentais même un mystère pour moi.

Son cœur battait sourdement dans sa poitrine. Par le passé, il avait délibérément adopté une attitude impénétrable, qui était une arme précieuse pour évoluer dans le monde des affaires. Pour la première fois de sa vie, il eut l'impression que quelqu'un – *cette femme* – prenait toute sa mesure et qu'elle le comprenait.

— Et maintenant ?

Une légère rougeur réchauffa les pommettes d'Ally.

— Maintenant, je vois un homme bon et attentionné derrière l'homme d'affaires puissant.

C'était elle qui était bien gentille d'oublier la façon inqualifiable dont il l'avait traitée ! Sa magnanimité le poussa à se lancer.

— Alexa a effectivement porté un coup à ma fierté et m'a fait m'interroger sur mes capacités à juger les gens. Mais ce que je lui reproche vraiment, c'est la souffrance qu'elle a causée à ma famille. Nous étions très proches les uns des autres et quand mon père est mort, nous avons été dévastés. Ma mère en particulier. Elle s'est effondrée. J'ai fait de mon mieux pour veiller sur elle et sur ma jeune sœur. Je l'aurais fait de toute façon, mais c'est aussi la dernière chose que j'avais promise à mon père. Je n'avais pas le droit de le décevoir.

— C'est une lourde responsabilité.

— Comme de le remplacer à la tête de la banque. Le chemin a été semé d'embûches, mais j'ai fini par faire mes preuves. Toutefois, je m'inquiétais toujours pour ma mère. Elle avait perdu sa joie de vivre. Ce n'est que lorsque Alexa a annoncé qu'elle était enceinte que j'ai vu les yeux de *mamma* s'illuminer de nouveau.

« Ma mère et ma sœur étaient ravies de me voir me fixer et fonder une famille. L'ambiance était redevenue comme autrefois. Jusqu'à ce que la vérité éclate. Ma mère a été dévastée. Pas seulement parce qu'il n'y aurait pas de bébé, mais parce que j'avais épousé cette femme abominable. Je l'ai vue replonger dans la dépression. Ma sœur aussi a été profondément marquée par ce qui m'est arrivé. Depuis mon divorce, elle évite toute relation, persuadée qu'un homme qui lui ferait des avances serait obligatoirement intéressé par sa fortune. Mon histoire a détruit sa confiance en elle-même et en l'espèce humaine. »

— Oh ! Angelo, je suis tellement navrée.

— Elles vont un peu mieux maintenant, mais je m'en veux de la souffrance qu'elles ont vécue par ma faute.

— Ce n'était pas ta faute !

— C'est moi qui ai introduit Alexa dans nos vies et qui les ai laissées croire dans la réalité de notre mariage. C'est pour ça que j'ai si violemment réagi quand tu as débarqué. Ta réapparition m'a rappelé combien j'avais déçu les personnes qui me sont les plus chères au monde.

Ally posa la main sur la sienne et pressa ses doigts.

— Je suis sûre qu'elles ne sont pas de cet avis. Tu t'inquiètes beaucoup pour elles, n'est-ce pas ?

— Bien sûr. Elles représentent tout pour moi. C'est ma famille.

Un éclair traversa brièvement son regard lavande, mais ce fut trop rapide pour qu'il pût le déchiffrer.

— C'est Alexa qui a menti, pas toi. Qu'en est-il du mal qu'elle t'a fait, à toi ?

Angelo retira sa main. Non parce qu'il n'aimait pas le contact d'Ally, mais parce qu'il éveillait trop d'émotions. Et de désirs.

Ally le regarda en silence, dans l'attente d'une réponse qui ne vint pas.

— Je te remercie, dit-elle finalement. Je comprends mieux maintenant. Parle-moi d'elles, reprit-elle après une hésitation. Tu disais que ta mère était une excellente cuisinière. Quelle est sa spécialité ?

Un profond sentiment de gratitude envers Ally l'envahit. Elle avait deviné que la tournure qu'avait prise la conversation lui était pénible, et elle n'avait pas insisté.

— Le poisson et les fruits de mer, dit-il en se forçant à sourire. Sa famille est originaire de Venise. Mais son *ragù* de bœuf est mythique. Quant à ses desserts…

Ally éclata de rire. Angelo sentit toute la tension de son corps se dissiper.

— Tu as un penchant pour les sucreries ? Qu'est-ce que tu préfères ? Le *tiramisu* ? Le *zabaglione* ?

Il se retint in extremis de lui faire remarquer qu'elle semblait bien connaître la cuisine italienne. Il craignait que si elle prenait conscience des informations qu'elle laissait échapper, le flot s'arrête.

— Sa tarte au citron.

— Vraiment ? J'ai la meilleure recette de tarte au citron au monde. La garniture est une crème au citron délicieuse, recouverte de rondelles de citrons et de sucre caramélisé à la flamme. Ma grand-mère m'a appris à la préparer.

Elle se tut brusquement. Lentement, elle reposa ses couverts sur la table, puis elle chercha le regard d'Angelo. L'expression désemparée qu'il y lut le bouleversa.

— Ça recommence, n'est-ce pas ? dit-elle. Je me rappelle de petites choses. J'arrive presque à voir la pièce où j'ai appris à cuisiner, mais rien d'autre. Pas même le visage de ma grand-mère. Seulement ses cheveux argentés et la chaleur de sa voix.

Sans réfléchir, Angelo prit les mains de sa compagne dans les siennes. De toute évidence, elle avait besoin de réconfort.

— C'est bon signe si tu commences à te souvenir de bribes.

— Mais pourquoi seulement des bribes ? Pourquoi je ne me souviens pas de mon nom ? Ou du reste de ma famille ?

Sa voix craqua et l'émotion d'Angelo monta d'un cran. Elle était toujours si courageuse, si positive, qu'il oubliait facilement l'aspect dramatique de sa situation. Ce devait être terrifiant de se heurter au mur de souvenirs hors d'atteinte. Il voulut à tout prix la rassurer.

— Le reste viendra bientôt. Sois patiente.

Il mourait d'envie de la prendre dans ses bras, de la serrer pour lui communiquer un peu de sa conviction, mais il n'osa pas, car il savait qu'il ne résisterait pas au désir de l'embrasser, ce qui risquait de la perturber davantage.

Il réalisa alors qu'une nuit avec elle ne lui avait pas suffi. Loin de là. Mais céder de nouveau à l'attirance puissante qu'il éprouvait pour elle aurait été indigne. Elle avait besoin de son soutien, pas de sa lubricité. Peut-être un jour, quand elle aurait retrouvé la mémoire… Mais il n'allait pas s'emballer maintenant sur ce futur peut-être lointain. Pour masquer le trouble où le plongeaient ses fantasmes, il dit la première chose qui lui passa par la tête.

— J'ai une idée qui pourrait stimuler ta mémoire.

Dès qu'il vit l'excitation qui illumina son visage, il regretta ses paroles. Si son idée échouait, n'allait-elle pas encore être profondément déçue, voire découragée ? C'est d'ailleurs cette crainte qui l'avait retenu de lui en parler plus tôt. Mais il était trop tard maintenant pour reculer.

— Quelle idée ? Dis-moi !

— C'est dans le jardin d'Oliver que tu as été assaillie par des souvenirs, au point que tu t'es sentie mal. Il y a peut-être là-bas quelque chose qui a déclenché ces souvenirs.

— Effectivement, il y a eu quelque chose… Je ne saurais pas exactement dire quoi. Peut-être un parfum… Le parfum d'une plante ?

— Exactement. Et je me disais que si rien ne te revient d'ici quelques jours, nous pourrions retourner chez Oliver et refaire le même chemin. Voir si quelque chose se passe.

Il n'était pas sûr que ce soit une bonne idée, étant donné l'état dans lequel cela l'avait mise la dernière fois, mais Ally commençait à avoir l'air perturbée et il détestait la voir ainsi bouleversée.

Elle lui adressa un sourire lumineux et il eut l'impression qu'un rayon de soleil caressait son visage.

— Pourquoi n'y ai-je pas pensé moi-même ? s'exclama-t-elle. C'est génial ! Merci, Angelo.

Il était tard quand ils retournèrent à la villa. Le crépuscule baignait l'île de sa lumière mauve. Ally savourait l'air tiède de la nuit qui lui faisait l'effet d'une caresse sur les bras. Elle se grisa du parfum entêtant des fleurs du jardin qui s'engouffrait en même temps qu'eux dans la maison.

La virée à Capri qui, à l'origine, devait durer deux heures s'était transformée en une journée entière d'excursions, couronnée par un dîner dans ce restaurant à la vue fantastique, devant un repas exquis. Ally avait adoré chaque instant. Visiter de nouveaux lieux, se mêler à d'autres gens, la beauté de l'île. Mais par-dessus tout, ce qui lui avait plu était la facilité de ses rapports avec Angelo. La barrière qu'il avait érigée entre eux était tombée, même s'il n'avait malheureusement pas l'intention de coucher de nouveau avec elle. Ils avaient passé la journée en amis, ce qu'elle appréciait. C'était moins bien qu'être amants, mais Angelo lui donnait l'impression qu'elle était quelqu'un de spécial pour lui.

— Merci pour cette merveilleuse journée, Angelo. Je me suis vraiment amusée.

Son pouls s'accéléra quand elle vit l'intensité du regard qu'il lui lançait. Réussirait-elle un jour à ne rien éprouver pour lui ? Il le fallait pourtant.

— Tu penses qu'Oliver est chez lui ?

Angelo se rembrunit, ce qui lui parut bizarre. N'était-ce pas lui qui avait eu cette idée ?

— C'est facile à vérifier, dit-il cependant.

À l'instant où il sortit son téléphone de sa poche, celui-ci sonna. Il s'excusa en lui disant qu'il n'en avait pas pour longtemps, mais qu'il devait répondre.

Ally acquiesça et monta à l'étage en ôtant le chapeau qu'Angelo lui avait offert. Mais une fois dans sa chambre, son agitation ne cessa pas. Ses pensées continuaient à tourner autour d'Angelo.

Il s'était confié à elle. L'affection et l'instinct de protection qu'il portait à sa famille la touchaient énormément, même si elle considérait qu'il s'était chargé d'un fardeau trop lourd pour un seul homme.

Sa personnalité complexe la fascinait.

Ses excuses et sa promesse de ne pas la laisser tomber avaient desserré l'étau qui lui oppressait le cœur et elle se sentait prête maintenant à affronter son passé.

Néanmoins, s'il lui avait redonné espoir et confiance en elle, paradoxalement, les sentiments qu'elle éprouvait pour lui la rendaient vulnérable. Leurs routes allaient bientôt se séparer et les regrets lui laissaient un goût amer. Elle ne faisait pas partie des personnes dont il se souciait le plus. Égoïstement, elle avait ressenti une pointe de jalousie quand il avait parlé de sa mère et de sa sœur avec tendresse.

Elle avait conscience que plus longtemps elle séjournerait ici, plus difficile ce serait de cacher ses sentiments.

À ce stade de ses réflexions, elle s'immobilisa, sous le coup d'une révélation. Ces sentiments qu'elle éprouvait… Elle n'était pas seulement attirée par lui. Elle aimait Angelo.

Elle avait beau se répéter que c'était impossible, qu'elle le connaissait depuis trop peu de temps… Que tomber amoureuse d'un homme qui restait – quoi qu'il s'en défende – attaché à son ex-femme était pure folie… Elle l'aimait.

C'est pourquoi elle devait absolument retrouver la mémoire et partir. Partir quelque part où elle pourrait ne plus penser à lui.

Forte de cette résolution, elle quitta la chambre. Au rez-de-chaussée, en passant devant le bureau d'Angelo, elle l'entendit parler au téléphone. Elle savait qu'il en aurait bientôt terminé, mais elle ne pouvait pas patienter. De plus, elle préférait être seule pour ce qu'elle s'apprêtait à faire.

Quelques minutes plus tard, la gouvernante d'Oliver la conduisit sur la terrasse et alluma l'éclairage extérieur. *Signor* Branston était en visioconférence, mais elle ne voyait pas d'inconvénient à ce qu'Ally l'attende dehors.

Quand elle fut seule, Ally se dirigea vers le jardin clos en tâchant de maîtriser sa respiration pour éviter un nouveau choc.

Elle s'arrêta sous la pergola recouverte de jasmin dont le parfum embaumait l'air nocturne, mais ce n'était pas l'odeur qui avait suscité l'impression qui l'avait bouleversée. Luttant contre sa nervosité, elle s'avança vers le cadran solaire qui marquait le centre du lieu. Toujours rien. Angelo s'était-il trompé ? Peut-être que c'était la conversation avec Oliver qui avait réveillé des bribes du passé…

Elle se figea brusquement quand une lourde fragrance l'enveloppa. Ses narines palpitèrent et elle ressentit un picotement le long de sa nuque. Elle prit une profonde inspiration, laissant pénétrer l'odeur piquante dans ses poumons. Un sentiment de familiarité l'envahit.

Elle baissa les yeux et découvrit des buissons portant de petites fleurs violettes. La lavande.

Avec ce mot, un flot de souvenirs l'assaillit. Des paysages. Des voix. Des visages. Des rires. La chaleur d'un foyer.

Un réel soulagement la gagna et elle sourit tandis que la peur qui l'habitait se dissipa enfin. Elle vit l'oncle Ben sur un tracteur, son chapeau cabossé cachant sa figure. Puis les longues rangées pourpres d'un champ de lavande sous le soleil brûlant de la mi-journée. Les arbres en fleurs dans le verger, les oiseaux qui chantaient sur les branches. Des gouttes de rosée scintillant comme des diamants dans une toile d'araignée à travers la lumière du petit matin. Le gloussement des poules qui picoraient dans le jardin. L'odeur du feu de bois s'échappant de la cheminée par une froide matinée d'hiver et le confort d'un gros pull tricoté main tandis qu'elle marchait sur l'herbe rendue craquante par la gelée.

Aussi merveilleux soient-ils, les souvenirs qui l'assaillaient la firent chanceler et elle dut s'asseoir sur un banc de pierre. Une fois la première salve de sensations passée, elle se sentit l'esprit agréablement aérien.

Elle ferma les yeux et elle entendit la pluie frapper contre le toit de tôle de la vieille ferme. Le coassement des grenouilles dans le bassin. L'aboiement impatient de Belle. Les notes d'une vieille berceuse qu'elle avait ouïe toute sa vie.

Aussi brusquement qu'il était venu, le sentiment de soulagement et de légèreté s'évanouit. La joie se mua en une désolation dévastatrice quand les souvenirs, qui n'étaient jusqu'alors que des bribes, des sensations éparses, se mirent en place.

Elle entendit le petit cri qui lui échappa. Puis les larmes se mirent à couler le long de ses joues.

13.

— Je suis là, *cara*. Tu n'es pas seule.

Angelo se rapprocha et passa un bras autour des épaules de la jeune femme qui tremblait. De toute évidence, elle venait d'avoir un choc.

— Quoi que ce soit, Ally, nous l'affronterons ensemble.

Elle leva la tête vers lui et son expression douloureuse lui fit mal. Il prit la main d'Ally et la porta à ses lèvres. Il mit tout son cœur, toute sa compassion dans ce baiser, qui n'avait rien d'érotique. Il ne songeait qu'à lui insuffler un peu de sa force pour l'aider à traverser cette épreuve. Le faible sourire qu'elle réussit vaillamment à lui adresser lui brisa le cœur.

— Je vais bien, Angelo. Ma mémoire est revenue, c'est tout. J'ai seulement besoin d'un peu de temps pour m'y faire.

— Comment puis-je t'aider ? demanda-t-il sans la lâcher. Tu veux aller quelque part en particulier ? Tu veux que je m'occupe du voyage ?

— Non, ce n'est pas la peine. Merci.

Désireux de ne pas la brusquer, il se tut, attendant qu'elle se sente prête à lui confier ce passé dont elle s'était brutalement souvenue.

Ally était heureuse qu'Angelo l'ait rejointe. Sa présence apaisante amortissait la violence du choc qui l'avait ébranlée. Quand il avait embrassé sa main, c'était comme s'il avait partagé quelque chose de vital avec elle. Et dès cet instant, tout lui parut un peu plus facile.

Il était tellement différent de l'homme qui l'avait accueillie à contrecœur chez lui après son naufrage. Elle s'imaginait parfaitement construire un avenir avec cet Angelo-là. Cet homme doux et fort à la fois. Mais c'était impossible. Quels que soient les sentiments qu'il éprouvait pour elle, ils se confondaient avec ceux qu'il ressentait encore pour son ex.

Ally se redressa et de sa main libre, essuya ses joues baignées de larmes. Angelo n'ôta pas le bras de ses épaules et elle lui en fut reconnaissante. Tout comme elle lui fut reconnaissante de lui laisser le temps de se ressaisir au lieu de la presser de questions.

— Je m'appelle Alison Dennehy, mais on m'a toujours appelée Ally. Je viens de Tasmanie, l'île du sud de l'Australie. C'est la lavande, dit-elle en désignant les arbrisseaux entourant le cadran solaire. Il a suffi que je la frôle de nouveau, que je sente son odeur, pour que tout me revienne. J'ai grandi dans une ferme, au milieu des pommiers et des champs de lavande. C'est un parfum puissant, et on dit qu'il n'y a rien de mieux que les odeurs pour évoquer le passé.

C'était ce qui l'avait particulièrement intéressée quand elle avait commencé à travailler avec les essences.

Les souvenirs affluaient à présent. Quelques zones d'ombre subsistaient, mais elle en savait suffisamment pour comprendre ce qui s'était passé.

— Mes parents sont morts dans un accident de voiture quand j'avais quatre ans et j'ai été élevée par ma grand-mère. À l'époque, oncle Ben travaillait à la ferme, mais il habitait en ville. Je comprends mieux pourquoi j'aime aider Enzo dans le jardin. C'est là que je me sens le plus à l'aise. J'aime faire pousser des plantes, avoir des abeilles, fabriquer des choses à partir des plantes que nous cultivions, comme des essences, des savons et des parfums.

Elle croisa le regard intéressé d'Angelo et ajouta :

— Je suis plutôt douée. J'ai développé une gamme de produits à base de lavande et de miel.

Elle comptait d'ailleurs en faire son métier.

— Ça ne m'étonne pas, dit-il. Ça se voit que tu as ça dans le sang.

Touchée par son compliment, elle baissa les yeux. Elle tomba sur leurs mains enlacées. Consciente qu'elle ne devait pas se bercer d'illusions à propos de l'avenir de leur relation, elle voulut retirer la sienne, mais elle en fut incapable.

— Je ne suis pas une fille de la ville, contrairement à Alexa.

Elle le sentit se figer.

— Alors c'est vrai, vous êtes parentes ?

— Nos mères étaient sœurs jumelles. Ce qui explique notre ressemblance. Mais elle a quelques années de plus que moi.

Pauvre Alexa. Malgré ce qu'Angelo lui avait révélé, Ally savait qu'il y avait des raisons au comportement de sa cousine, à défaut d'excuses. À commencer par un beau-père abusif qui avait complètement faussé les idées de la jeune femme sur les relations hommes-femmes.

— Tu l'as vue récemment ?

— Pas depuis des années. Elle a rendu visite à Gran et elle est restée un moment. C'est ainsi que j'ai entendu parler de cette île. Elle en parlait avec émerveillement, disant que c'était l'endroit le plus magnifique et le plus paisible au monde. J'ai toujours pensé que si l'occasion se présentait, je la visiterais. Je pense qu'elle est venue chez nous peu de temps après votre divorce. Elle n'allait pas bien et Gran a toujours été merveilleuse pour nous écouter quand nous avions des problèmes. Il suffisait de se confier à elle pour entrevoir la façon de les résoudre.

Une douleur lui nouait à présent la gorge, mais elle réussit à poursuivre. L'impression qu'Alexa lui avait laissée alors était qu'elle n'aimait pas la femme qu'elle était devenue.

— Alexa se trouvait à la croisée des chemins. Maintenant,

elle travaille pour une organisation qui vient en aide aux victimes d'abus sexuels. Elle se déplace dans toute l'Australie.

— Elle semble très différente de la femme que j'ai connue, dit Angelo en haussant un sourcil surpris.

— C'est peut-être le cas.

Ally attendit qu'il lui demande d'autres détails sur la femme pour laquelle il éprouvait toujours du désir. Aussi, les paroles qu'il prononça ensuite la prirent de court.

— Il y a autre chose dont tu te souviens, n'est-ce pas, Ally ? C'est quelque chose à propos de ta grand-mère ?

Des larmes lui picotèrent de nouveau les yeux et elle acquiesça. Bien sûr qu'il s'agissait de Gran. Tous les souvenirs vagues qu'elle avait eus étaient liés à elle.

— Elle est morte, murmura-t-elle, les mots sortant difficilement. Elle conduisait le tracteur alors que j'étais sortie. Le médecin a dit qu'elle avait eu une crise cardiaque au volant et qu'elle était probablement morte sur le coup, avant que le tracteur se renverse contre un talus.

— Ah, *tesoro*…

Angelo l'attira contre lui et elle se retrouva assise sur ses genoux, la tête nichée dans le creux de son épaule masculine. La chaleur qui émanait de son corps solide était merveilleusement rassurante dans un monde soudain envahi d'images terribles et de douleur.

— Quand je suis revenue à la maison, je les ai trouvées, allongées toutes les deux, Belle et elle…

— Belle ? demanda Angelo quand l'émotion la rendit muette.

— Notre vieille chienne. Nous l'avions depuis que j'étais petite. Elle nous était tellement dévouée…

Elle se mordit les lèvres pour ne pas éclater en sanglots.

— Ça peut paraître ridicule, poursuivit-elle en reniflant, mais les perdre toutes les deux le même jour a été dévastateur.

— Ce n'est pas ridicule du tout. Je trouve que c'est

normal. Pas étonnant que tu aies eu envie de prendre des vacances après ça.

— Ça ne s'est pas tout à fait passé ainsi.

Elle s'était redressée et il desserra aussitôt son étreinte, comme pour lui permettre de s'éloigner si elle en avait envie. Elle ne le souhaitait pas. Elle voulait rester dans les bras d'Angelo pour toujours, mais ce geste la ramena à la réalité. Il était temps d'arrêter de compter sur lui.

Elle se força à se lever. Elle tenait à peine sur ses jambes. Elle sut qu'il s'était levé à son tour, car elle sentit sa présence derrière elle. C'était comme s'il devinait ses moindres émotions, malgré l'effort qu'elle faisait pour les contrôler. Sa bienveillance l'encouragea à poursuivre :

— J'ai dû quitter la ferme. Gran et l'oncle Ben en étaient tous les deux propriétaires, et quand elle est morte… Mon oncle avait perdu de l'argent dans des investissements hasardeux. Il était lourdement endetté, sa famille et lui ont dû vendre la maison. Ils avaient besoin d'un endroit où vivre.

— Ils se sont installés à la ferme et ils t'ont obligée à partir alors que tu étais en deuil.

— Ils ne m'ont pas forcée ! C'est moi qui ai voulu partir.

Elle n'avait pas envie de vivre à la ferme sans Gran.

— N'as-tu pas une part dans la propriété ? Surtout si tu aidais au travail de la ferme.

Son expression qui s'était assombrie lui révéla l'homme d'affaires redoutable, prêt à défendre ses intérêts. Une douce chaleur l'envahit à cette pensée. De toute évidence, il se préoccupait d'elle. Il ferait un allié de poids si elle en avait besoin. Malheureusement pour elle, le plus tôt elle quitterait l'entourage du sublime Italien, le mieux elle se porterait, d'un point de vue émotionnel, car il ne pourrait jamais lui donner ce qu'elle voulait.

— J'ai hérité d'une part minoritaire dans la ferme, admit-elle. Mais l'oncle Ben n'a pas les moyens de la racheter pour le moment et je ne veux pas lui mettre le couteau sous la gorge. Quant à partager une petite ferme avec ma tante, mon oncle et leurs quatre garçons survoltés, âgés de moins de dix ans, ce n'est pas envisageable.

Elle avait ajouté cette dernière remarque avec un petit sourire, mais elle sentait que ses traits étaient toujours crispés. Voyant que sa tentative d'alléger l'atmosphère ne détendait pas Angelo, elle voulut mettre les choses au point.

— Écoute, oncle Ben n'essaie pas de me voler. Il me paiera quand il aura remis ses finances à flot. En attendant, Gran m'a laissé un peu d'argent. C'est celui que j'ai utilisé pour venir ici. J'étais sur la route du sud de la France, où je comptais visiter les champs de lavande et les parfumeries. Mais je voulais voir cette région dont Alexa parlait tout le temps, alors j'ai commencé mon périple par Rome. À l'origine, ce devait être un voyage d'études. Je voulais me documenter avant de me lancer dans la parfumerie, mais c'était avant la mort de Gran.

La mort de sa grand-mère, qui rendait désormais impossible l'utilisation de la ferme comme base pour son projet, avait bouleversé ses plans et elle devait maintenant s'accrocher à un autre rêve, car son oncle n'avait pas l'intention de développer une distillerie ni d'augmenter la production de miel. Quand elle serait rentrée en Australie, elle allait devoir trouver un nouveau travail et un logement.

Ally ne possédait aucun diplôme, elle avait appris tout ce qu'elle savait sur le tas. Quand elle obtiendrait un emploi, le salaire ne serait sans doute pas faramineux. L'occasion de voyager si loin ne se représenterait pas.

Son regard balaya le jardin, avant de s'arrêter sur l'homme imposant qui l'observait. Heureusement qu'elle allait bientôt partir.

Angelo se souciait d'elle, mais parce que son instinct protecteur était très développé. Sa première pensée, quand il avait su qu'elle avait retrouvé la mémoire, avait été de demander où elle voulait aller, et s'il pouvait l'aider à s'y rendre.

Il ne la désirait pas comme elle le désirait. Il était simplement désolé pour elle et il s'était senti obligé de la secourir. Même l'attirance sexuelle qui avait existé entre eux avait disparu, une fois qu'il avait compris qu'elle n'était pas son ex-femme.

Le cœur d'Ally se serra tandis qu'elle voyait son dernier rêve s'écrouler. Dans un sursaut de fierté, elle releva le menton.

— Allons-y ! Je ne me sens pas en état de voir Oliver ce soir.

Toujours bouleversé d'avoir vu Ally complètement désemparée, Angelo remplit un verre de vin rouge, les doigts engourdis. Il s'y connaissait en matière de chagrin mais, lui, au moins, avait encore sa mère et sa sœur. Ally n'avait personne.

— Tiens, dit-il en lui tendant le verre. Ça te réchauffera.

Dès qu'ils étaient revenus chez lui, elle s'était laissé tomber sur un canapé. Il crut qu'elle refuserait le verre, comme elle avait toujours refusé de consommer de l'alcool, mais elle le saisit en prenant garde que leurs mains ne se frôlent pas, puis elle but une gorgée.

De toute évidence, alors qu'elle avait pleuré dans ses bras une demi-heure auparavant, maintenant elle ne semblait plus rechercher le réconfort auprès de lui. Peut-être avait-elle besoin d'être seule pour remettre de l'ordre dans sa vie après cet étrange épisode d'amnésie ? À la pensée qu'il ne pouvait lui être d'aucun secours, sa gorge se noua.

— Que puis-je faire pour toi, Ally ?

— Tu as proposé de t'occuper de mes moyens de transport.

— Bien sûr, répondit-il, dépité. Quand tu auras pris le temps de te ressaisir…

— Il n'y a aucune raison pour différer mon départ.

Elle baissa les yeux et fixa le contenu de son verre. Comme si elle ne supportait pas l'idée de le regarder, lui. Il se raidit. Il pensait qu'aujourd'hui ils avaient atteint une véritable complicité, voire qu'ils étaient devenus amis. Apparemment, il s'était trompé. Il n'allait cependant pas l'abandonner pour autant dans l'état où elle était.

— J'aimerais que tu restes, dit-il. Tu peux prendre ton temps pour te rétablir complètement. Je veillerai sur toi…

— Non ! l'interrompit-elle. Je n'ai pas besoin que tu veilles sur moi. Tu n'es pas responsable de moi. Je veux partir.

Angelo perçut la détresse sous la dureté de sa voix. Il n'aurait pas dû être surpris qu'elle veuille quitter ces lieux, et lui, qui l'avait si injustement traitée. Toutefois, il sentait – de toutes les fibres de son être – que c'était une erreur de la laisser partir. Mais il se souvint que sa sœur l'accusait d'être surprotecteur. Ally elle-même lui avait dit qu'il était allé trop loin en endossant la responsabilité des actions d'Alexa.

Pendant un instant, l'instinct protecteur et le désir luttèrent contre le désespoir qu'il lisait sur le visage d'Ally. À sa soif de liberté, loin de lui.

— Si c'est ce que tu veux…

Cette simple phrase lui coûta énormément.

— Il est temps pour moi de reprendre le cours de ma vraie vie.

Une vie où, de toute évidence, il n'y avait pas de place pour lui. Ce fut comme un coup de poing en pleine figure. Dire qu'il y a dix jours à peine, il souhaitait que cette femme disparaisse à l'autre bout de la planète. Maintenant, il ne voulait plus qu'elle parte. Et pas seulement parce qu'il éprouvait le besoin de la protéger, mais parce qu'il désirait… davantage.

Cette situation était complètement inédite pour lui, qui était passé expert dans l'art de mettre un terme à une liaison. Il n'avait aucune expérience, en revanche, quand il s'agissait de la poursuivre. Or, lui qui était jusqu'alors allergique aux relations à long terme, c'était exactement ce qu'il voulait maintenant : rester avec Ally.

Tout en elle l'attirait, au-delà de son apparence physique. Son obstination et sa force de caractère, sa détermination à se tirer d'un contexte compliqué. Le stoïcisme avec lequel elle encaissait les coups durs. Son charme, son humour et ce contact facile et amical qu'elle avait avec les gens, du nabab hollywoodien au jardinier en passant par des inconnus rencontrés par hasard.

Elle correspondait exactement à l'idéal auquel il n'avait jamais réalisé qu'il aspirait.

Cette réalité ne le frappa pas comme un coup de tonnerre. Au contraire, elle s'insinua en lui, diffusant une merveilleuse chaleur dans tout son corps. Malheureusement, il ne pouvait pas expliquer ce qui lui arrivait à Ally ce soir. Elle avait suffisamment de problèmes à régler.

Après ce qui s'était passé entre eux, il se devait de la laisser libre de ses choix sans tenter d'intervenir. C'est donc à contrecœur qu'il reprit :

— Je vais passer quelques coups de fil…

— Merci. Je partirai demain.

Si tôt ? se retint-il de protester.

— Je dois retourner à Naples. J'avais pris une chambre dans une *pensione* et j'y ai laissé mes bagages à la consigne, pensant que mon excursion ici me prendrait seulement la journée.

Elle s'interrompit, attendant visiblement qu'il acquiesce, mais il en fut incapable.

— Je vais appeler le médecin, réussit-il enfin à dire. J'attendrai son feu vert avant de m'occuper de trouver un bateau. Et tu me donneras tes coordonnées, au cas où tu aurais des ennuis…

Une pensée venait de lui traverser l'esprit et il ajouta :

— Ou si la nuit que nous avons passée ensemble a eu

des conséquences. Les préservatifs ne sont pas sûrs à cent pour cent.

L'idée d'avoir conçu un enfant éveilla des émotions puissantes, qui n'avaient rien à voir avec le sentiment d'être pris au piège qu'il avait eu quand Alexa lui avait annoncé qu'elle était enceinte.

À cette allusion à une grossesse potentielle, Ally leva brusquement la tête. Son expression trahissait un tel désarroi que les espoirs nébuleux qu'il avait nourris se désagrégèrent instantanément. Ce regard disait tout. La pensée d'être liée à lui, malgré sa fortune et son statut social, n'avait aucun attrait pour elle. Il ne récoltait que ce qu'il méritait. Elle voulait partir d'ici aussi rapidement que possible. Ravalant la souffrance qui lui étreignait le cœur, il lui souhaita bonne nuit.

Puis il quitta la pièce avant d'agir de façon complètement égoïste, en lui demandant de rester. *Pour lui.*

14.

Après s'être séchée, Ally s'enveloppa dans le peignoir fourni par l'hôtel. Puis elle entreprit de démêler ses cheveux mouillés.

C'était son dernier soir en Provence. Elle avait passé une semaine à explorer des villages pittoresques, à admirer les champs de lavande à perte de vue, et elle avait visité une usine de parfums.

Quand elle retournerait en Australie, elle chercherait du travail en ville, car elle n'avait pas envie de vivre près de la ferme, où tout lui rappellerait sa grand-mère chérie et ses rêves avortés. À nouveau, elle allait fuir un lieu parce qu'il lui évoquerait trop douloureusement un avenir – ou un homme – auquel elle avait dû renoncer.

Angelo. Le nom s'imposa à son esprit malgré elle. Elle l'avait quitté neuf jours auparavant et il lui manquait toujours autant. Elle ne comprenait même pas pourquoi elle pensait encore à lui, alors qu'il s'était montré assez froid quand ils s'étaient séparés à Naples. Elle avait mis l'expression fermée de son compagnon sur le compte de soucis professionnels et elle avait abrégé les adieux. Sur le quai de la gare, il n'avait pas essayé de l'empêcher de monter à bord du train.

Quand elle fut coiffée, elle s'examina dans le miroir. Elle ferait mieux de se maquiller pour masquer sa mine pâlotte. Pour cette dernière soirée, elle voulait se faire belle pour dîner dans le restaurant charmant qu'elle avait repéré sur la place. Elle serait une touriste parmi d'autres. *Pas une femme avec le cœur brisé.*

Un léger coup frappé à la porte la fit sursauter, car elle ne connaissait personne dans le village. Intriguée, elle alla ouvrir et se figea quand elle découvrit son visiteur.

— Angelo ?

Le couloir était faiblement éclairé, mais elle aurait reconnu cette silhouette entre mille.

— Ally.

Un frémissement sensuel la parcourut quand elle l'entendit prononcer son nom. Son trouble ne l'empêcha pas de noter que la voix du bel Italien était voilée comme s'il n'avait pas parlé depuis quelque temps. Les sentiments qu'elle tentait vainement de réprimer montèrent en elle et elle sentit ses jambes flageoler au point qu'elle dut se tenir à la poignée de la porte pour ne pas chanceler.

— Puis-je entrer ? demanda-t-il.

Il s'avança et elle sut que quelque chose n'allait pas. Son visage était toujours aussi magnifique, mais ses traits étaient tirés. Inquiète, elle s'écarta pour le laisser entrer. Quand elle referma la porte derrière lui, elle s'y appuya, dans l'attente de ce qu'il était venu lui annoncer.

Mais au lieu de parler, il examina la petite chambre. Sous l'emprise de son charme viril, elle sentait son corps vibrer de toutes ses cellules, comme si elle renaissait à la vie. Quand il se retourna vers elle, son cœur se mit à battre à tout rompre.

— Que fais-tu ici, Angelo ? demanda-t-elle. Je ne suis pas enceinte, si c'est ce qui te préoccupe.

Elle avait parlé sans réfléchir, d'autant qu'il était encore trop tôt pour une telle affirmation, mais c'était la seule explication qu'elle avait trouvée à sa venue.

— Ah ! Vraiment ?

Avait-elle entendu une note de déception dans sa voix, ou était-ce le fruit de son imagination ?

— C'est pour cela que tu m'as suivie, n'est-ce pas ?

Et si c'était pour une tout autre raison ? Voulait-il lui soutirer l'adresse d'Alexa ? Avait-il fini par réaliser que ce n'était pas de la haine qu'il éprouvait pour sa cousine, mais de l'amour ? Pour chasser la douleur que cette pensée lui causait, elle prit une profonde inspiration. Elle vit le regard d'Angelo glisser de son visage vers son buste. Elle baissa les yeux à son tour et découvrit que l'échancrure de son peignoir bâillait. Rougissant de confusion, elle ramena les deux pans du vêtement contre elle, mais sous la caresse du regard brûlant d'Angelo, elle sentit son pouls battre précipitamment dans le creux de ses cuisses. C'était insupportable. C'était délicieux.

— Ce n'est pas pour ça que je suis venu.

Sa voix profonde aux intonations inhabituellement rugueuses ne fit qu'accroître son émoi.

— Je t'enverrai le numéro d'Alexa quand je serai rentrée en Australie. Je ne l'ai pas sur moi.

Angelo eut l'air estomaqué.

— Que veux-tu que je fasse du numéro d'Alexa ? Je ne veux plus jamais la revoir !

— Je ne te crois pas, rétorqua-t-elle. Tu n'arrives pas à te la sortir de la tête. C'est pour ça que tu étais attiré par moi. Tu as même couché avec moi parce que tu pensais que j'étais elle.

— Fait l'amour.

— Pardon ?

— Nous avons fait l'amour ensemble. Crois-moi, *tesoro*, il y a une différence.

Il s'approcha et l'intensité de son regard la cloua sur place.

— Faire l'amour... Ça va bien au-delà de l'acte purement physique et ça compte beaucoup plus.

Il déglutit péniblement et elle réalisa soudain qu'il était mal à l'aise. Plus que mal à l'aise, sur des charbons ardents. Elle n'osa pas, cependant, puiser de l'espoir dans ce constat.

— Arrête de tourner autour du pot, Angelo. Dis-moi pourquoi tu es là.

Et qu'il agisse vite, car elle ne tiendrait pas trois minutes de plus à prétendre que sa présence ne lui faisait aucun effet.

Il esquissa un petit sourire.

— On peut te faire confiance pour aller droit au but, *amore mio.*

Puis il reprit son sérieux.

— Je suis venu parce que je ne peux pas te laisser partir. Je t'ai laissée quitter l'île parce que tu avais besoin de temps pour réfléchir à tout ce qui t'était arrivé. Mais j'ai des choses à te dire.

Ally scruta le sublime visage masculin et elle se demandait si elle avait bien entendu. Elle avait l'impression de vivre un de ces rêves qui la hantaient ces derniers temps. Mais elle refusait de s'abandonner à des illusions, aussi douces soient-elles. Sa fierté l'obligea à faire une mise au point.

— Je refuse d'être un substitut d'Alexa. Je ne veux pas être une obligation, un devoir. Il se trouve que j'ai échoué sur ta plage, mais je n'ai pas besoin de ta protection ni de ta culpabilité.

Angelo sursauta comme s'il avait reçu une gifle.

— Tu penses que je me sens obligé de veiller sur toi ?

— Tu l'as dit toi-même. Tu as un fort instinct protecteur. Mais je ne fais pas partie de ta famille, Angelo. Tu n'es pas responsable de moi.

Il soutint son regard et elle eut l'impression de se noyer dans ses magnifiques prunelles marron.

— Je veux effectivement veiller sur toi, Ally, mais je sais que tu es forte et indépendante, et que tu n'as pas besoin de moi pour te protéger.

Sa voix baissa d'un ton.

— Quant à te considérer comme un substitut d'Alexa… Jamais ! C'est vrai qu'au début j'ai cru que tu étais elle, mais ce n'est pas pour ça que je suis attiré par toi et certainement pas pour ça que je t'ai fait l'amour. Au contraire, c'est ta ressemblance avec Alexa qui m'a poussé à garder mes distances au début. Ce sont les différences entre vous qui m'attirent. Ta personnalité, ton esprit, ton attitude et ta générosité. C'est pour ça que je tiens à toi. C'est pour ça que je veux être avec toi.

— Tu tiens à moi ? répéta-t-elle, stupéfaite.

— Oui.

Les battements de son cœur s'accélérèrent quand il s'avança vers elle.

— Entre Alexa et moi, c'était superficiel et bref. Notre histoire aurait dû se terminer plus tôt, mais j'étais trop occupé par des problèmes à la banque et j'ai passé beaucoup de temps loin d'elle. J'allais mettre un terme à notre relation quand elle m'a annoncé qu'elle était enceinte.

Il prit une profonde inspiration avant de poursuivre :

— C'est avec *toi* que je faisais l'amour, ce soir-là, Ally, et non avec le fantôme de ta cousine, comme tu sembles le croire. Pour information, je te trouve infiniment plus désirable qu'elle. Et si c'est toi qui étais vierge, je t'avoue que l'expérience était nouvelle pour moi aussi. C'était la première fois que je *faisais l'amour* à une femme, avec mon corps, avec mon âme et avec mon cœur. Je n'ai jamais ressenti un tel lien avec une autre femme. Jamais.

Bouche bée, elle le vit poser la main sur son cœur et, en réponse, le sien fondit.

— Tu peux me rire au nez, dit-il. Mais c'est vrai. J'ai toujours évité de m'impliquer émotionnellement, parce que je pensais que les sentiments affaiblissaient un homme. J'ai vu ma mère s'effondrer quand mon père est mort et je ne voulais pas que la même chose m'arrive un jour. C'est la véritable raison qui m'a fait me cantonner à des aventures sans lendemain et pas, comme je le prétendais, mon travail. Pourtant, avec toi, j'ai sombré dans l'amour en l'espace d'une semaine et ça ne changera pas.

— Ça ne changera pas ?

Un délicieux vertige l'envahissait et ce fut tout ce qu'elle réussit à dire d'une voix incertaine.

— Jamais. J'ai beau n'avoir aucune expérience en matière d'amour, Ally, mais j'en suis sûr. Ce n'est pas une toquade passagère. Maintenant, la question est : éprouves-tu quelque chose pour moi ? Avec le temps, toi aussi, penses-tu que tu pourras m'aimer ? Je sais que tout ceci est très soudain et que tu viens à peine de retrouver la mémoire, et je ne veux pas te mettre la pression…

Ally ne put en écouter davantage. Elle se précipita vers lui. Posant les mains sur son torse, elle savoura la chaleur qui émanait de son corps d'homme et qui se propageait en elle. Puis elle se haussa sur la pointe des pieds et nouant un bras autour de la nuque de son compagnon, elle l'attira vers elle pour l'embrasser.

Elle eut le temps de voir les yeux d'Angelo s'écarquiller sous l'effet de la surprise, avant d'enfin goûter à ses lèvres masculines. Leur baiser passionné lui donna la sensation de ne faire qu'un avec lui. Presque.

— Ally…

L'entendre prononcer son nom l'emplit d'allégresse. Elle sourit contre sa bouche. Des mains fermes la saisirent par les hanches et Angelo s'arracha à leur baiser.

— Ne t'en va pas !

Elle se fichait complètement d'avoir l'air de le supplier. Elle n'avait pas honte de désirer cet homme merveilleux et imprévisible.

— Je ne vais nulle part, répliqua-t-il en la dévorant d'un regard affamé qui l'enchanta. Mais je ne veux pas te brusquer.

La brusquer ? Il devait plaisanter. Elle avait espéré cet instant dès la seconde où ils s'étaient quittés à Naples.

— Je suis folle de toi, Angelo. J'étais complètement perdue sans toi. Quand nous nous sommes quittés, j'ai abandonné une part de moi-même et je ne pensais pas la retrouver un jour.

La lueur possessive dans les yeux d'Angelo s'amoindrit et elle se figea.

— *Amore mio.*

Elle était revenue… Cette voix douce comme du caramel qui la faisait fondre. Les mains puissantes ne la repoussèrent pas quand elle se lova de nouveau contre lui ni lorsqu'elle le dirigea contre le lit. Au contraire, il souriait tandis qu'il l'enlaçait et se laissait tomber avec elle sur le matelas. Il roula sur lui-même et elle se retrouva allongée sous lui.

Elle n'aurait voulu être nulle part ailleurs. La douceur du sourire d'Angelo contrastait avec la tension de son corps vibrant de désir.

— Je n'arrive pas à croire à ma chance. Nous nous connaissons depuis si peu de temps, et notre relation était placée sous le signe du malentendu. J'étais persuadé que tu n'accepterais pas de m'écouter.

— Je t'écoute, répondit-elle en commençant à défaire le premier bouton de la chemise de son compagnon. Mais tu es trop habillé.

— Je sais comment y remédier, murmura-t-il en ôtant sa veste.

Puis il se débarrassa de sa chemise en arrachant tous les boutons. Ally poussa un soupir de ravissement quand elle put enfin poser les mains sur la toison sombre qui couvrait son torse viril.

— Dois-je t'énumérer maintenant toutes les raisons pour lesquelles nous devrions rester ensemble ?

Sa voix veloutée contre son oreille était la tentation incarnée et un délicieux frisson la parcourut.

— Pas tout de suite, répliqua-t-elle.

Quand elle entreprit de défaire la ceinture de son pantalon, elle eut la satisfaction d'entendre Angelo retenir son souffle. Quelques minutes plus tard, après quelques contorsions fébriles, ils étaient nus. Les yeux dans les yeux, ils s'enlacèrent de nouveau. Ally caressa les cuisses de son amant, puis remonta le long de son dos musclé. Se lasserait-elle un jour de la splendeur de son corps viril ?

— Tu es magnifique, murmura-t-elle.

Angelo inclina la tête et frotta tendrement le nez contre le sien, avant de parsemer son visage de baisers légers comme des plumes.

— Tu m'as volé ma réplique, magnifique Alison.

Elle soupira, mais son souffle se figea quand il glissa une main entre ses jambes. Elle frémit lorsqu'une vague de plus en plus puissante de désir, de gratitude et d'amour l'envahit. Pour parachever son bonheur, elle eut la joie de lire les mêmes émotions sur le visage d'Angelo. Elle les percevait dans ses caresses, dans sa respiration saccadée.

En prenant tout leur temps, ils s'unirent, regards aimantés et Ally eut l'impression qu'ils abordaient ensemble l'un des mystères les plus profonds de l'existence. Tandis qu'ils entamaient la danse langoureuse de l'amour, leurs caresses, d'abord tendres, se firent plus fiévreuses, leurs mouvements se firent plus rapides et leurs souffles devinrent plus hachés, jusqu'à ce que l'extase les foudroie, dans une explosion de sensations.

Au milieu de ce festin charnel, Ally eut l'impression poignante qu'elle était arrivée à bon port, chez elle.

Ils restèrent un long moment immobiles et enlacés.

— Je t'aime, Angelo, dit-elle quand elle put enfin parler.

Quand il fronça les sourcils, elle ajouta :

— Tu ne me crois pas ?

Il s'empara de sa main et la porta à ses lèvres pour y déposer un baiser.

— Si. Mais tu viens seulement de retrouver la mémoire. Tu dois encore t'habituer à ton passé, à qui tu es. Tu as besoin de temps pour être sûre.

— Je suis *sûre*, Angelo ! Tu n'es pas le seul à n'avoir jamais rien ressenti de tel.

Estimant qu'il avait l'air trop sérieux, elle essaya d'effacer d'une caresse les deux rides qui s'étaient creusées entre ses sourcils. Puis elle poussa un soupir.

— Tu n'es pas convaincu, dit-elle en s'étirant.

Elle fut surprise de découvrir que le simple frôlement de son corps contre celui puissant d'Angelo avait suffi à raviver son désir.

— Tu as raison, ma mémoire n'est pas encore complètement fiable, susurra-t-elle d'un ton faussement ingénu. J'aurais besoin que tu me rappelles pourquoi ce serait une bonne idée que je reste avec toi.

Tout en parlant, elle caressait le visage d'Angelo, avant de laisser glisser la main vers son cou, puis vers son torse… et plus bas. Il l'agrippa alors qu'elle effleurait sa hanche.

— Tu ne voudrais quand même pas que je t'oublie, n'est-ce pas ? renchérit-elle, le souffle court.

Le sourire malicieux qui fit scintiller le regard d'Angelo acheva de la conquérir.

— Certainement pas. Je me ferai un plaisir de te rappeler le plus souvent possible pourquoi tu as envie de rester avec moi, répondit-il en happant la pointe d'un sein qu'il taquina avec la langue.

— Ce plan me semble excellent, murmura-t-elle en s'abandonnant aux sensations qui la submergeaient.

Épilogue

Postée sur la grande terrasse, Ally regardait le ciel virer du pourpre à l'indigo. Prenant une profonde inspiration, elle huma le parfum puissant montant des plantations de lavande qui s'étendaient au-delà des superbes jardins. Il se mêlait aux effluves entêtants des roses et des jasmins. C'était son moment préféré de la journée.

La magnifique villa ancienne située sur le continent, au milieu des champs de lavande, était le cadeau de mariage d'Angelo. La générosité de son époux l'avait fortement émue. Il avait lui-même accepté de réorganiser sa vie professionnelle pour qu'elle puisse réaliser ses rêves. Deux années s'étaient écoulées et aujourd'hui, la maison avait été rénovée selon leurs goûts, l'exploitation d'Ally prenait forme et ils arrivaient toujours à voler des week-ends en amoureux sur leur île. Quand Angelo devait se rendre à Rome pour quelques jours, Ally l'accompagnait généralement.

Quotidiennement, elle remerciait sa bonne étoile. Pas seulement d'être ici, mais parce qu'Angelo faisait partie de sa vie. Au souvenir des circonstances qui les avaient réunis, elle frissonna. Elle aurait pu visiter l'Italie sans jamais le rencontrer !

— Tu as froid ?

La voix grave et familière s'éleva derrière elle, des bras puissants l'enlacèrent et elle se sentit plaquée contre le torse de son mari. Savourant la chaleur qui émanait de son grand corps viril, elle sourit.

— Plus maintenant.

Il posa la main sur le léger renflement de son ventre. Depuis qu'elle lui avait annoncé la nouvelle, il ne pouvait s'empêcher de le toucher à la moindre occasion, comme pour s'assurer qu'ils allaient bel et bien avoir un enfant. Elle pivota sur elle-même et regarda son mari. Il était sublime avec sa veste sombre et sa chemise blanche dont les premiers boutons étaient défaits. Ally adorait voir ce triangle de peau cuivrée terriblement tentateur. Mais pas aussi tentateur que la lueur qui brillait dans ses yeux marron.

— Qu'y a-t-il, *amore mio* ? demanda-t-il.

— J'étais en train d'énumérer mes bonheurs. Quelle chance j'ai eue de me retrouver sur ta plage privée, un jour où tu étais sur l'île.

— Cela n'a rien à voir avec la chance. C'était le destin. Nous étions destinés l'un à l'autre. Tu ne l'as pas encore compris ?

— Oh ! vraiment ? dit-elle en réprimant un sourire ravi. Et pourtant, tu as refusé de m'épouser pendant toute une année après notre rencontre.

En effet, Angelo avait absolument tenu à lui accorder le temps nécessaire pour se rétablir de son amnésie. Il voulait qu'elle soit parfaitement sûre de l'aimer. Il l'avait même accompagnée en Australie pour un long voyage durant lequel il avait rencontré sa famille et ses amis, tandis qu'elle mettait en ordre ses affaires.

Les mains d'Angelo quittèrent son ventre pour caresser ses hanches avec une sensualité qui la fit frémir de plaisir.

— Tu n'as pas aimé être courtisée ? demanda-t-il.

— Je dirais plutôt que tu m'as séduite sans vergogne !

Les lèvres d'Angelo s'étirèrent en un sourire carnassier et une boule de feu familière prit naissance dans le creux de ses cuisses.

— Peu importent les moyens, *tesoro*, du moment que tu es heureuse.

— C'est toi qui me rends heureuse, Angelo. Toi, toujours.

Elle lut dans son regard le flot d'émotions qui le submergea et son cœur se gonfla.

— Et moi, j'ignorais que je pourrais être aussi heureux, *amore mio*. Grâce à toi.

Il s'inclina vers elle. Ses lèvres avaient pratiquement touché les siennes quand une porte claqua au loin. L'écho de voix animées emplit la maison. Quelqu'un cria leurs noms et Angelo s'immobilisa. Il marmonna quelques mots, dont Ally, grâce à ses progrès en italien, savait qu'ils n'étaient pas destinés aux oreilles sensibles.

— Qui a eu cette idée d'organiser une fête ce soir ? marmonna-t-il.

Ally éclata de rire.

— C'est toi, chéri ! Tu m'as dit d'inviter nos amis et ta famille pour mon anniversaire. Et j'ai l'impression que Giulia et ta mère sont arrivées, avec quelques-uns de tes cousins. Ou est-ce la voix grave d'Oliver que j'entends au loin ?

Il la serra davantage contre lui. Mais Ally perçut la lueur amusée dans le regard de son mari.

— Branston ? Il est toujours en train de flirter avec toi ! Je pense qu'il lui arrive d'oublier que tu es une femme mariée. Je suis obligé de toujours le garder à l'œil.

— Moi, je pense que tu cherches simplement une excuse pour ne pas me lâcher d'une semelle.

— Tu me connais tellement bien, *tesoro*, rétorqua-t-il avec un sourire désarmant.

Sans se soucier des voix qui s'approchaient, Angelo s'empara de sa bouche pour un baiser aussi passionné que tendre, qui la convainquit qu'effectivement, leur rencontre avait été prédestinée. Car il n'y avait pas d'autre explication possible à la joie parfaite qu'ils éprouvaient dans les bras l'un de l'autre.

Retrouvez prochainement,
dans votre collection

AZUR

Le cheikh aux deux secrets, de Marcella Bell - N°4565
Que dire à un prince qui vous demande en mariage dès la première rencontre ? Rita a beau être une talentueuse ingénieure, elle n'en a aucune idée. Pourtant, parce qu'il s'agira, entre Jahangir et elle, d'une union de convenance lui garantissant une fabuleuse opportunité professionnelle, elle accepte de le suivre dans son royaume du désert. Et bientôt, dans ce cadre enchanteur, elle découvre entre les bras de Jag la passion – et ses conséquences…

Un bébé royal, de Jadesola James - N°4566
Kemi est une princesse, la fille gâtée de l'Oba de Gbale. Mais cette vie privilégiée a un coût : celui de sa liberté… Alors qu'elle échappe un soir à la vigilance de ses gardes du corps, elle rencontre un homme envoûtant. D'un seul regard, Luke Ibru la séduit. Un baiser brûlant, et il la conduit à partager avec lui une nuit de passion. Une nuit qui se solde par une conséquence royale : bientôt, Kemi se découvre enceinte de son mystérieux amant…

L'enfant d'un ténébreux milliardaire,
de Heidi Rice - N°4567
Jack Wolfe incarne tout ce que Katherine déteste : arrogant et impitoyable, le ténébreux milliardaire n'hésite pas à user de son pouvoir. Hélas, bouleversée par les émotions et le désir qu'il fait naître en elle, Katherine succombe à cet homme au lieu de le fuir. Pire encore, sitôt qu'elle révèle à Jack qu'un enfant naîtra bientôt de leur nuit passionnée, celui-ci lui propose un mariage de convenance…

Le retour de Valentin Silvera,
de Jackie Ashenden - N°4568
Voilà quinze ans que tout le monde me croit mort. Si j'ai disparu pour échapper à la tyrannie familiale, je suis prêt aujourd'hui à revendiquer mon nom, Valentin Silvera, et l'héritage qui m'est dû. Parmi ce qui m'a été arraché, mon bien le plus précieux n'est autre que la délicate Olivia Wintergreen, mon amour de jeunesse et l'actuelle fiancée de mon détestable frère jumeau. Or j'en fais le serment : cette femme que je n'ai jamais oubliée sera bientôt mon épouse…

La comtesse de Venise, de Kate Hardy - N°4569

Bien qu'elle soit une comtesse vénitienne, Serafina Ardizzone est ruinée. Comment dès lors empêcher le *palazzo* dont elle est l'héritière de tomber en ruine ? Résolue à sauver ce joyau familial, elle demande au célèbre architecte Gianni Leto de le restaurer. Pour le convaincre de prendre en main ce projet d'envergure, elle n'hésite pas à l'inviter à passer chez elle une semaine. Sept jours et sept nuits inoubliables en Italie…

Le prince de la Saint-Valentin, de Cara Colter - N°4570

Erin n'a qu'une envie : se réfugier seule au *Snow Daze*, le chalet montagnard où elle a vécu tant de moments heureux. Là, elle l'espère, elle pourra se remettre de l'abandon de son fiancé. Mais une tempête de neige fait rage dehors, et la voilà contrainte d'offrir l'hospitalité à un skieur imprudent. Un homme d'une beauté renversante avec lequel elle passe la nuit… Quelle n'est pas sa stupeur de découvrir le lendemain que son amant, Valentino de Oscaro, est un prince !

La belle et le millionnaire, de Rachael Stewart - N°4571

Tandis qu'elle débarque sur la plus belle des îles grecques, Catherine retient son souffle. La crique nichée au pied d'une falaise blanche tranche avec le bleu de la mer… et c'est là, dans ce cadre enchanteur, qu'elle va passer un mois ! Quel meilleur endroit pour oublier la pression qu'elle subit à Hollywood ? Seule ombre au tableau : le propriétaire des lieux, Alaric de Vere, loin d'être impressionné par ses allures de star, la considère plutôt comme une intruse…

Libre d'aimer, de Pippa Roscoe - N°4572

SÉRIE : *LE ROYAUME DE SVARDIA* - 2/3

La princesse Marit a toujours été la rebelle de la famille, et elle apprend avec désespoir qu'elle doit maintenant jouer un rôle de premier plan au palais de Svardia. Dans une ultime révolte, elle s'enfuit à Paris. Hélas, Lykos Livas, envoyé par le roi lui-même, l'y retrouve sans tarder ! Avant de la ramener dans le droit chemin, cet homme mystérieux accepte toutefois de l'escorter pendant quelques jours pour une escapade en Europe. Une folle parenthèse où se mêleront bientôt liberté et passion…

Le baiser d'un play-boy, de Carol Marinelli - N°4573

SÉRIE : *LES BEAUTÉS DE SICILE* - 2/2

En raison de son douloureux passé d'orpheline, Béatrice a érigé une muraille autour de son cœur. Pas question pour elle de souffrir à nouveau : sa vie est désormais centrée sur son travail de conseillère spéciale de Son Altesse Royale Julius de Bellanisia. Une tâche loin d'être facile ! Chargée de redorer l'image du prince avant que celui-ci devienne roi, la voilà contrainte de côtoyer ce play-boy invétéré jour et nuit, tout en résistant au charme qu'il exerce sur elle…

L'honneur d'un Australien, de Kelly Hunter - N°4574

Sept ans plus tôt, Judah Blake s'est accusé d'un crime qu'il n'avait pas commis pour innocenter la douce Bridie. Aujourd'hui qu'il est de retour chez lui, dans l'Outback australien, il est bien décidé à retrouver sa vie – ou ce qu'il en reste. Peu importe qu'il ait été pendant un temps considéré comme un paria, ses milliards ont suffi à redorer son image. Et c'est fort de cette aura de puissance qu'il compte revendiquer ce qui lui revient de droit : ses terres, dont il a été injustement spolié par la femme qui a ruiné sa vie…

L'ivresse d'une nuit, de Kate Hewitt - N°4575

Abigail est stupéfaite. Devant elle se tient l'homme dans les bras duquel elle s'est abandonnée, six mois plus tôt, alors qu'elle se trouvait à Paris pour une série de concerts. Un homme qui l'a quittée au petit matin, sans même avoir la courtoisie de lui donner son nom. Malgré l'émotion qu'elle ressent en revoyant son amant d'une nuit, Abigail se jure aussitôt de résister, cette fois, à son charme ensorcelant. Pas question de le laisser la blesser de nouveau. Mais bientôt un doute s'impose à elle : et si cette deuxième rencontre n'était pas seulement le fruit du hasard ?